八万石の風来坊　はぐれ長屋の用心棒

第一章　風来坊

一

　夕陽が、日本橋の家並の向こうに沈みかけていた。風のない静かな日で、大川端は淡い茜色《あかねいろ》の陽に染まっていた。大川の川面が夕陽を反射《はね》てかがやき、無数の起伏を刻みながら、永代橋《えいたいばし》の彼方の江戸湊《みなと》まで滔々《とうとう》と流れている。

　大川は五月末の川開きを過ぎ、涼み客で賑わっていた。客を乗せた猪牙舟《ちょきぶね》、軒下に提灯《ちょうちん》をつるした屋形船、涼み客に食べ物を売るうろうろ船などが川面を行き来し、夕陽のかがやきとあいまって華やかな彩りに満ちている。

　華町源九郎《はなまちげんくろう》は、大川にかかる新大橋のたもとを歩いていた。深川六間堀町《ろっけんぼりちょう》にある華町家へ行った帰りである。

源九郎の住む伝兵衛店《でんべえだな》は本所相生町《あいおいちょう》にあった。六間堀沿いの道を北にむかい、竪川《たてかわ》にかかる二ツ目橋を渡って本所へ出た方が近いのだが、夕涼みのつもりで大川端へ出たのである。

華町家は五十石の御家人だが、すでに源九郎は家を出ていた。倅の俊之介《しゅんのすけ》が家を継ぎ、君枝《きみえ》という嫁との間に、六つになる長男の新太郎《しんたろう》、二つになる長女の八重《やえ》がいる。

源九郎は、長年連れ合った妻のおふさが亡くなった後、狭い家で倅夫婦に気兼ねしながら暮らすのが嫌で、ひとりで長屋に住むようになったのだ。

それでも、孫の新太郎と八重は可愛いので、何か理由をつけては華町家へ立ち寄り、ふたりの孫の顔を見るのを楽しみにしていた。今日も、手土産に饅頭《まんじゅう》をもって華町家へ出かけた帰りである。

源九郎は五十八歳。腰には武士らしく、二刀を帯びていたが、単衣《ひとえ》の肩には継ぎ当てがあり、羊羹色《ようかんいろ》の袴はよれよれだった。無精髭と月代《さかやき》が伸び、鬢《びん》や髷《まげ》にはだいぶ白髪が混じっている。どこから見ても、尾羽打ち枯らした貧乏牢人である。

背丈は五尺七寸。胸は厚く、腰はどっしりとしていた。丸顔ですこし垂れ目、いかにも人のよさそうな顔をしている。

大川端には、ぽつぽつと人影があった。仕事を終えた出職の職人、ぼてふり、風呂敷包みを背負った行商人、それに夕涼みにきた浴衣姿の若い衆《わかいし》、町娘などがいる。

源九郎は行き違った町娘の浴衣姿を見て、

……八重は、可愛い子だ。浴衣でも、着せてみたいものだな。

と、目を細めてつぶやいた。

まだ、十四、五歳と思われるふたり連れの町娘だった。ふたりで、何かおしゃべりをしながら、源九郎の脇を通ったのだ。その浴衣姿には華やいだなかにも可愛らしさがあり、子供着姿の八重を思い出させたのである。

源九郎は新大橋のたもとを過ぎ、幕府の御籾蔵《おもみぐら》の前まで来た。御籾蔵は十棟の余あり、救護用の籾を貯蔵してある。

その御籾蔵の先から、下卑《げび》た笑い声が聞こえた。半町ほど先に、数人の若者の姿が見えた。夕涼みにでも来たのか、いずれも浴衣姿である。若者たちは通りかかった町娘をからかっているらしい。遊び人たちであろうか。すこし、酒が入っているようだ。

キャッ！という女の悲鳴が聞こえた。若者たちが、町娘を取りかこんでいる。手籠《てご》めにでもするつもりであろうか。

……いかんな、可愛い娘を疵《こ》つけるような真似は。

源九郎は、走りだした。孫娘の八重を思い浮かべたせいもあって、若い娘が凌《りよう》辱《じよく》されるのを放っておけなかったのだ。

源九郎が走り始めたとき、突然、ワッ、という声が上り、娘をとりかこんだ男たちが後ろへ逃げた。

近くを通りかかった武士体の男が、刀を手にして若者たちの間に割って入ったようだ。

源九郎は、走るのをやめた。通りかかった武士が、娘を助けようとしている。源九郎が駆け付けるまでもないようだ。

「無体なことをいたすと、容赦《ようしや》せぬぞ」

と武士が声を上げ、つづいて、

「二本差しが怖くて田楽が食えるか」

という男の怒声が聞こえた。どうやら、若者たちは、衆を頼んで武士に歯向かう気らしい。

キラッ、と武士のふるった刀がひかった。

と、武士の正面にいた男が後ろへ跳び、同時に背後にいた別の男が飛び込んで武士を突き飛ばした。

ワアッ！　と一声上げ、武士は大きくよろめいて、川岸の柳の幹に肩から突き当たった。武士は、左手で柳の幹を抱くようにして倒れずに幹の後ろへまわり込んだが、助けに入った娘から離れてしまった。

「いくじのねえやろうだ。かまわねえ、たたんじまえ！」

男のひとりが叫んだ。大柄な男である。この男が若者たちの兄貴格らしい。

別のひとりが嫌がる娘の手を取って抱き寄せ、甲高い笑い声を上げていた。武士の不様な格好を見て、小馬鹿にしている。

……口ほどにもない男だな。

源九郎は、ふたたび走り出した。とても、武士には助けられないとみたのである。

「ま、待て、待て！」

源九郎は走り寄りざま、声を上げた。

「お、今度は爺々《じじ》いだぜ」

兄貴格の男が、驚いたように声を上げた。顔が赭黒《あかぐろ》く染まっている。やはり、酔っているようだ。

「わ、若いの、て、手を引け……」

源九郎の声がつまった。走ってきたせいで、息が切れたのである。年を取ったせいか、ちかごろ走るとすぐに息が切れるのだ。

「なんでえ、ゼイゼイしやがって。まるで、棺桶に片足つっ込んでるような面《つら》してやがるぜ。ついでに、この爺々いも、たたんじまいな」

源九郎の前に立った兄貴格の男が、嘲笑《あざわら》うように言い放った。

その声で、小柄な男が源九郎の背後にまわり込んできた。二十歳前後であろうか、色の浅黒い丸顔の男である。敏捷《びんしょう》そうな男だった。両拳を前に突き出すようにして身構えている。

他のふたりの男は、武士の前後に立っていた。やはり素手である。もうひとりの痩《や》せた男が、娘の腕をつかんでいる。

そのとき、娘が身をよじりながら、

「華町さま！」

と、声を上げた。

見ると、見覚えのある顔だった。おふくという同じ長屋に住むぼてふりの娘である。まだ、十五、六歳のはずである。

「おふくか」

「は、はい」

おふくの蒼ざめた顔に、いくぶん安堵《あんど》の表情が浮いた。

「長屋の者なら、どうあっても見捨てるわけにはいかんな」

言いざま、源九郎は抜刀した。

「お、爺々いも抜いたぜ。こうなったら、こっちもその気でいくぜ」

兄貴格の男が、ふところから匕首《あいくち》を取り出した。にやけた嗤《わら》いは消えている。

これを見た背後の男も、ふところに手をつっ込んで匕首を抜いた。武士の前後にいるふたりの男も匕首を取り出したようである。四人ともふところに匕首を呑んでいたところを見ると、真っ当な男たちではないようだ。

兄貴格の男は匕首を胸のあたりに構え、上目遣いに源九郎を見ている。野犬のような殺気だった目である。

「では、まいる」

源九郎は、青眼に構えた刀身を峰に返した。すこし痛め付けてやればよいと思ったのである。

二

源九郎と正面に立った男との間合は、およそ三間。

源九郎の切っ先は、ぴたりと男の目線につけられていた。どっしりと腰の据わった隙のない構えである。茫洋《ぼうよう》とした人のよさそうな顔は豹変し、双眸《そうぼう》が剣客らしい鋭いひかりを宿していた。老いてはいたが、源九郎は鏡新明智流《きょうしんめいちりゅう》の達人であった。

「や、やろう！　生かしちゃァおかねえぞ」

兄貴格の男が、吼《ほ》えるような声で叫んだ。顔がこわばり、構えた匕首の切っ先が小刻みに震えている。恐怖と興奮である。剣の心得のない男でも、源九郎の構えに威圧を感じているのだ。

つ、つ、と源九郎が男との間合をつめた。

ふいに、男が目をつり上げ、

「死ねえ！」

叫びざま、匕首を胸のあたりに構えて体ごとつっ込んできた。捨て身の攻撃である。

すかさず、源九郎が男の右手に踏み込みながら刀身を横に払った。

ドスッ、というにぶい音がし、刀身が男の腹に食い込んだ。

瞬間、男の上体が前にかしぎ、顎を突き出すようにしてつんのめった。源九郎の峰打ちが、男の胴へ入ったのである。

男は低い呻《うめ》き声を上げて前によろめき、足をとめると、腹を押さえ、地面に膝をついてうずくまった。苦しげに、唸《うな》り声を上げている。肋骨《あばらぼね》でも折れているのかもしれない。

源九郎の動きは、それでとまらなかった。すばやい体捌《たいさば》きで反転すると、背後にいた丸顔の男の前に踏み込みざま、刀身を籠手《こて》へ打ち込んだ。老人とは思えぬ迅速な太刀捌きである。

にぶい骨音がし、丸顔の男の匕首が足元に落ちた。男の右腕が、だらりと垂れ下がっている。前腕の骨が折れたらしい。

「い、痛《いて》え！」

丸顔の男が、悲鳴を上げて後じさった。顔が激痛と恐怖にひき攣《つ》っている。

源九郎は丸顔の男にはかまわず、武士に匕首をむけている男のひとりに近寄って切っ先をむけた。小柄で赤ら顔の男である。

「わしが、相手だ」

源九郎は、威嚇《いかく》するように大きく振りかぶった。

赤ら顔の男の顔が、恐怖にゆがんだ。

「お、覚えてやがれ！」

叫びざま、男は反転して駆けだした。

すると、おふくの腕をつかんでいた男と武士の背後にいた男が、赤ら顔の男の後を追って走りだした。源九郎に腹と腕を打たれたふたりの男も立ち上がって、よろよろと逃げていく。

「おふく、大事ないか」

源九郎は刀を鞘に納めて訊《き》いた。

「は、はい、お武家さまは」

おふくは、心配そうな顔をして川岸に立っている武士に目をやった。

武士は左手で腹を押さえながら、源九郎たちのそばに近付いてきた。若い武士である。年の頃は二十歳前後であろうか。面長で端整な顔立ちをしていた。その顔に、はにかみとも苦痛をごまかしているともとれるような笑いを浮かべていた。

「どうされた？」

源九郎が訊いた。武士が、腹を押さえていたので、匕首で腹に傷を負ったかと、思ったのである。

「く、空腹でな、力が出ぬ」

武士が力なく言った。

「腹がへっているのか」

思わず、源九郎は聞き返した。

「さよう、腹がへっておる」

武士は、若者らしからぬ尊大な物言いをした。

「それで、後れをとったのか」

「まァ、そうだ。そこもとたち、この近くか」

武士が訊いた。

「すぐ、この先だが」

「それがし、青山京四郎《あおやまきようしろう》ともうす。すまぬが、何か食わしてもらえんかな。手元不如意《てもとふにょい》でな」

青山は訊きもしないのに、勝手に名乗った。

「わしは華町源九郎、見たとおりの牢人だ」

源九郎もつられて名乗ると、脇に立っていたおふくが、

「わたし、おふくです。粗末な長屋ですが、よかったらいっしょに来てくださ
い」

色白の豊頬を熟した桃のように染めて、助けていただいたお礼をしたいんで
す、と恥ずかしそうに言い添えた。

源九郎は、助けたのはおれではないか、と胸の内でつぶやいたが、

「おお、そうだ。貧乏長屋ゆえ、何もないが、腹がへっては難儀であろう」

と、もっともらしいことを言った。

「それは、かたじけない。おふくどの、案内《あない》してくれ」

青山は、すぐにおふくをうながして歩きだした。

「………」

源九郎は、助けてやったわしに、一言ぐらい礼を言ってもいいのではないかと
思ったが、口をつぐんだまま、青山に跟《つ》いて歩きだした。

……それにしても妙な男だ。

と、源九郎は思った。

青山の後ろを歩きながら、あらためて見たが、得体の知れぬ男である。牢人ではないようだが、かといって御家人でも江戸勤番の藩士でもないらしい。納戸色の小袖と同色の袴はよれよれで、ひどく粗末な身装《みなり》なのだが、腰に差している大小は贅沢《ぜいたく》な拵《こしら》えである。鞘は青貝の微塵《みじん》塗りで、鍔《つば》を除いた金具類は金が多く使われている。軽格の武士の帯刀とは思えない見事なものである。

「青山どの、つかぬことを訊くが、そこもとはどこにお住まいでござる」

源九郎は、おぬしの身分は、とあからさまに訊けなかったので、遠回しに問うたのだ。

「おれの屋敷か。愛宕下《あたごした》だ」

青山は振り返りもせず、大きな声で言った。

「家は、旗本でござろうか」

源九郎が小声で訊いた。

「いや、おれはさる大名家に縁のある者なのだ」

「大名家に？」

となると、藩士であろうか。

「大きな声では言えぬが、おれは逐電《ちくでん》した身なのだ」

「逐電！」

それにしては、大きな声である。

「さよう、それで、金も宿もない」

青山は振り返って言った。おおらかな声である。顔には、藩を逐電したような苦悩の翳《かげ》は微塵もなかった。

「それにしては、難渋しているようには見えぬな」

源九郎は、あからさまに訊いてみた。

「さよう、堅苦しい暮らしから抜け出してな、せいせいしておるのだ」

青山は、そう言って相好《そうごう》をくずした。

「そんなものかね」

源九郎は口をつぐんだ。藩勤めも、楽ではないということか。それにしても、今後どうするつもりであろう。源九郎は他人事ながら心配になった。

おふくは、源九郎と青山のやりとりが聞こえているのか、いないのか、頬を赤らめ、目をかがやかせて歩いてくる。

三

腰高障子が、朝陽にかがやいていた。晴天のようである。陽射しのかげんからみて、六ツ半（午前七時）ごろであろうか。長屋のあちこちから、子供の泣き声、女房の子供を叱る声、笑い声、亭主のがなり声などが、聞こえてきた。いつもの伝兵衛長屋の騒々しさである。

源九郎は大きく伸びをして立ち上がると、皺《しわ》だらけの着物をたたいて伸ばした。昨夜、酒を飲み、面倒なので小袖に袴のまま眠ってしまったのだ。

「顔でも洗ってくるか」

源九郎は手ぬぐいを腰にぶらさげ、小桶を手にして戸口から出ると、井戸端へむかった。

「おい、華町」

井戸端の方へ歩きかけたところで、背後から声をかけられた。

振り返ると、菅井紋太夫《すがいもんだゆう》が下駄を鳴らして近付いてくる。源九郎と同じように手ぬぐいを腰に下げ、手桶をかかえている。やはり、顔を洗いに行くようだ。

菅井は五十一歳、生れながらの牢人で、源九郎と同様、伝兵衛長屋で独り暮らしをしていた。両国広小路《ひろこうじ》で居合抜きの大道芸で銭をもらい、口を糊している。ただ、居合の腕は本物だった。少年のころから、田宮流《たみやりゅう》居合の道場で修行し、精妙を会得していたのだ。

「その寝ぼけ眼《まなこ》を見ると、昨夜は飲んだな」

菅井が源九郎の顔を覗きながら言った。

「その言は、そっくりおまえに返してやろう」

菅井こそ、酒臭い息をし、だらしのない格好をしていた。肩まで伸びた総髪が乱れてくしゃくしゃになっている。顎がしゃくれ、頬が肉を抉《えぐ》り取ったようにこけている般若《はんにゃ》のような顔が、寝不足の貧乏神のようである。

「酒の話はさておいて、昨夜、妙な男が長屋に来たと言うではないか」

菅井が、源九郎と肩を並べて歩きながら訊いた。

「青山京四郎どのか」

「その青山だ」

「茂助《もすけ》の娘のおふくが、ならず者にいたずらされかかっているのを助けたのだ」

源九郎は、昨夕のことをかいつまんで話した。ただ、助けに飛び込んだのはいいが、自分の方が危うくなり、源九郎に助けられたことまでは話さなかった。

「それで、長屋に来たのか」

「腹がへったというのでな。おふくのところで、握りめしをくわせてやったのだ」

　青山は、よほど腹がへっていたとみえ、おふくの母親のおしげが用意した握りめしを四つもたいらげた。しかも、父親の茂助が、

「おふくの命の恩人と、一杯《いっぺえ》やりてえ」

　と言って、貧乏徳利の酒を出すと、青山は喜んで茂助と飲み始めたのだ。茂助は酒好きで、何かにかこつけては飲みたがるのである。

　ただ、源九郎も、青山を厚かましい男だと非難することはできなかった。源九郎も夕餉《ゆうげ》のめしを炊くのが面倒だったので、青山といっしょに握りめしを馳走になり、ついでに酒まで飲んだのだ。

「それで、どうしたのだ」

「だいぶ遅くなったしな。青山どのが、宿もないというので、仕方なく長屋に泊めてやったのだ」

　泊めたというより、勝手に空き部屋にもぐり込ませたと言った方がいい。ちょうど、茂助たち家族の住む部屋の斜《はす》向かいの部屋が空いていたので、そこへ青山

を連れていって寝かせたのだ。

「それで、青山という男は牢人か」

菅井が訊いた。

「藩を逐電したと言っていたから、牢人の身なのだろうな」

青山は身分の高い家柄なのかもしれない、と源九郎は思った。身装は粗末だったが、態度は鷹揚《おうよう》だったし、腰の大小は軽格の藩士には縁のないような見事な拵えなのだ。それに、なんとなく気品のある顔付きなのである。

井戸端に行き、源九郎と菅井が顔を洗っていると、後ろから近付いてくる下駄の音がし、話し声が聞こえた。長屋に住むおせんとおくにという娘である。ふたりとも十五、六で、ともかくよくしゃべる。おせんは、近所の団子屋に手伝いに出ていた。おくには、長屋にいて、裁縫を習っていると聞いている。

「おせんちゃん、知ってる。おふくちゃんのこと」

おくにが、おせんに身を寄せて訊いた。

「聞いてるわよ。大川端でならず者に襲われ、お侍さまに助けられたそうね」

おせんが目をひからせて言った。

「それが、ただのお侍じゃァないらしいの。役者にしてもいいような男前でね、おふくちゃんなんか、のぼせあがって、何か話しかけても上の空らしいのよ」

「ほんと、そんなにいい男なの」

おせんが足をとめて訊いた。井戸端近くまで来ていて、源九郎と菅井の姿を目にしたからであろう。

「中村座の菊四郎《きくしろう》に、そっくりだって」

山村菊四郎は男前で評判を取っている中村座の看板役者だった。

「菊四郎に似てるの！」

おせんが目を剝《む》いて、ビクンと背筋を伸ばした。まるで、富籤《とみくじ》で大金を当てたような驚きようである。

「うちの長屋の男とは、月とすっぽん」

「うちの長屋に、菊四郎に似た男なんていないものね」

「それに、身分のあるお侍のようなの。隣のおきみさんなんか、お大名の若さまじゃないかと言ってるぐらいなんだから」

おきみは、左官をしている男の若い女房である。

「お大名の若さま！」

おせんは、また目を剝いた。今度は両手を握りしめ、体といっしょに上下に振っている。

「ねえ、いまも長屋にいるの」

おせんが訊いた。

「いるわよ、おふくちゃんの家の斜向かいの空き部屋に」

「行ってみない。顔だけでも見てみたいの」

おせんが、むきになって言った。

「いいわよ、いいわよ」

おくにが、早く水を汲まなくちゃァ、と言って、ちらりと源九郎と菅井に目をやり、慌てて釣瓶《つるべ》を手にした。

四

「な、なんだ、あのふたりは」

菅井が毒気に当たったたような顔をして、井戸端からそそくさと去って行くふたりの娘を見送っている。

「若い娘たちは、青山どのが気になるようだな」

源九郎は苦笑いを浮かべながら言った。

「それにしても、おれたちなど、男ではないと言いたげだぞ」

菅井が苦虫を嚙み潰したような顔をした。

「まァ、そう怒るな。青山も、そう悪い男ではない」

源九郎は、青山が自分の腕のほども顧みず、おふくを助けに飛び込んだ気持ちだけは買ってやろうと思った。源九郎の見たところ、口ほどでもなく、青山の剣の腕はまるっきりのようなのだ。

「急に、仕事をする気が失《う》せたな」

菅井が自分の部屋の方へ歩きながら言った。

「今日は、雨の心配はないぞ」

そう言って、源九郎が空を見上げた。

「将棋でもやるか」

「また、将棋か」

菅井は無類の将棋好きだった。大道芸に出られない雨の日は決まって、源九郎の部屋に将棋を指しに来たのだ。

「空は晴れても、おれの気持は雨だ」

「おい、本気なのか」

菅井が休むのは勝手だが、源九郎も付き合わされるのだ。源九郎は傘張りを生業《なりわい》にしていた。むろん、それだけでは食っていけず、華町家からの合力もあったが、このところ傘張りの仕事を休みがちでふところは寂しかったのだ。

「華町、朝めしは」

菅井が身を寄せて訊いた。

「まだ、だ」

「おれは、炊いたぞ。どうだ、握りめしでも食いながら指すのは」

菅井が心底を覗くような目で源九郎を見た。

「いいな」

思わず、源九郎が答えた。朝めしを炊く気も失せていたので、水でも飲んで我慢しようかと思っていたところだったのだ。

「よし、では、将棋盤と握りめしを持って、おぬしの部屋へ行く」

そう言い残し、菅井は下駄を鳴らして足早に去って行った。

……握りめしにつられたか。

と、源九郎は思ったが、悪い気はしなかった。ともかく、空腹はしのげるのである。

将棋盤を座敷のなかほどに据えて、源九郎と菅井は対座した。脇には飯櫃《めしびつ》と水の入った湯飲みが置いてあった。飯櫃のなかには、握りめしが入っている。

「さァ、やるぞ」

さっそく、菅井が駒を並べ始めた。

「おれは、握りめしをいただく」

源九郎は左手に握りめしをつかみ、右手で駒を並べ始めた。

ふたりで小半刻（三十分）ほど指したとき、戸口に近付いてくる何人かの足音が聞こえた。足音は、腰高障子の向こうでとまり、ここです、と、若い女の声がした。

がらり、と障子があき、おふくと父親の茂助、それに青山が顔を見せた。

「おお、華町どの、昨日はいろいろ世話になったな」

青山が声高に言った。

源九郎と菅井は首をひねって、戸口に目をやった。青山たち三人の後ろに何人かの人影がある。いずれも女である。さきほど井戸端で見かけたおくにとおせん、それに源九郎の家の斜向かいに住むお熊《くま》、日傭取《ひようと》りの女房のおまつなどである。どうやら、青山のことが気になって、後をついてきたらしい。それにしても、お節介焼きの女たちである。

「旦那、ちょっと、お願《ねげ》えがありやして」

茂助が揉《も》み手をしながら言った。

「なんだ、茂助、いい日なのに、仕事には行かんのか」

菅井は自分のことを棚に上げて訊いた。

「へい、青山さまのことで、今日の仕事は休みやした」

茂助が照れたような顔をして言った。

「ともかく入って、障子をしめろ」

源九郎が言った。放っておくと、後ろにいるお節介焼きの女たちまで入ってきかねないのだ。

土間に入った青山が、伸び上がるように将棋盤を覗き込み、

「将棋ではないか」

と、声を上げた。

すると、菅井が青山に目をむけ、

「おぬし、将棋を指すのか」

と、訊いた。菅井は将棋を指す男なら、それだけで将棋仲間として認めるのである。

「おれも、将棋は好きだ」

青山が言った。

「そうか、まァ、上がれ。おぬし、朝めしは食ってきたか」

菅井が機嫌よく訊いた。

「おふくどのに、馳走になったのだ」

青山はすぐに座敷に上がり、将棋盤の脇に腰を据えた。土間で、おふくと茂助が困惑したように立っている。

「茂助、話というのは何だ」

源九郎が訊いた。茂助は青山のために、わざわざ仕事を休んだらしいのだ。それだけの用件があってのことだろう。

「へい、青山さまは、宿がないそうでしてね。しばらく、長屋で暮らしたいとおっしゃられてますんで」

茂助が首をすくめながら小声で言った。

すると、脇にいたおふくが、

「昨夜泊まった空き部屋を借りられないか、大家さんに話してもらいたいんです」

と、言い添えた。おふくの顔には、思いつめたような表情があった。青山の住居を自分のことのように心配している。おそらく、茂助はおふくに頼まれて仕事を休み、青山の塒《ねぐら》を何とかするためにここに来たのだろう。

ところが、当の青山は茂助とおふくの話など関心ないような顔をして、将棋盤を覗き込んでいる。

「青山どの、まことか」

源九郎が訊いた。

「さよう、おれは宿無しなのだ」

青山は他人事のような顔をして言った。

「うむ……」

源九郎は大家の伝兵衛と懇意にしていたので、源九郎が請人《うけにん》になれば、伝兵衛は青山を長屋に住まわせるだろう。

以前、深川の闇世界を牛耳《ぎゅうじ》っていた伊勢蔵《いせぞう》という親分に、伝兵衛長屋が乗っ取られそうになったことがあった。そのとき、源九郎が中心になって長屋の危機を救ったのだ。そのことがあってから、伝兵衛は長屋の差配で困ったことがあると、源九郎を頼るようになったのだ。

だが、問題は店賃《たなちん》である。青山は文無しらしいのだ。それに、青山を見たところ働く気などまったくなさそうである。

「青山どの、大家に話してもいいが、ただでは住めんぞ」

源九郎が青山に言った。

「店賃のことだな」

「そうだ」

「話は茂助どのから聞いている」

青山は、ぼてふりの茂助を、茂助どのと呼んだ。武士なら、町人の茂助を呼び捨てにするはずである。それとも、これから世話になるとみて、茂助を立てているのだろうか。それにしては、宿のことなどあまり関心はなさそうである。

「それで、ふところの方は」

源九郎が、すこし語気を強くして訊いた。

「一文もないが……。どうであろう、これで、いくらか都合できぬかな」

青山は腰の脇差を鞘ごと抜いて、源九郎に手渡し、

「初代是一《これかつ》だそうだ」

と、こともなげに言った。

「是一……」

源九郎は刀のことに詳しくなかったが、石堂是一《いしどう》の名は知っていた。備前伝《びぜんでん》を焼く名匠である。一門は代々是一の名を継いで、江戸に住んでいると聞いていた。

……是一なら、脇差でも安くはないはずだ。

源九郎には、どの程度の価値か分からなかったが、刀屋に持っていけば、すくなくとも十両は出すだろうと踏んだのだ。

源九郎は脇差を抜いて見た。地肌は、黒みを帯びて澄んでいた。刃文は是一の特徴と言われている大丁子乱《おおちょうじみだ》れである。源九郎にも、名刀であることは分かった。

「菅井、見ろ」

源九郎が菅井に脇差の刀身を見せた。

菅井はいっとき低い唸り声を上げて刀身を見つめていたが、まちがいないと言うふうにうなずいた。

「分かった。わしが、大家に話をしよう」

源九郎は脇差を鞘に納めながら言った。店賃は何とかなりそうである。

茂助とおふくがほっとした顔で、源九郎に礼を言った。

「よろしく、頼む」

そう言ったきり、青山は顔も上げず将棋盤を睨んでいる。妙な男が、またひとり長屋の住人にくわわりそうだ。

五

竪川の川面が、初夏の陽射しを反射てかがやいていた。荷を積んだ猪牙舟が通る度に川面にさざ波がたち、陽射しがキラキラと揺れながら岸へ寄せてくる。陽射しは強かったが、川面を渡ってきた風には涼気があり、さわやかだった。

源九郎は竪川沿いの通りを歩いていた。丸徳《まるとく》という傘屋に、できた傘を持っていった帰りである。このところ、生業にしている傘張りをなまけていたので、たいした金にはならなかったが、それでも何日かは食いつなげるだろう。

源九郎は竪川沿いの表通りから、伝兵衛店につづく路地へ入った。伝兵衛店は本所一丁目の回向院《えこういん》の近くにあった。古い棟割り長屋で、界隈《かいわい》でははぐれ長屋と呼ばれている。食いつめ牢人、大道芸人、その日暮らしの日傭取り、その道から挫折した職人など、はぐれ者の住人が多かったからである。

そのはぐれ長屋につづく路地木戸の前に、ふたりの武士が立っていた。牢人ではない。羽織袴で、二刀を帯びている。御家人か、江戸勤番の武士といった感じである。

ひとりは初老だった。面長で顎がとがっている。腰の二刀の拵えはなかなかのものだった。身分のある武士かもしれない。

もうひとりは三十がらみ、偉丈夫で胸が厚く、腰がどっしりとしていた。長年武芸の稽古で鍛えた体であることは一目で知れた。いかにも、武辺者らしいいかつい面構えの男である。

ふたりの武士は源九郎に気付くと、すぐに近付いてきた。

「伝兵衛店というのは、ここでござろうか」

初老の武士が訊いた。ひどく痩せている。首が細く、すこし猫背である。武芸などには縁のない体付きだったが、源九郎にむけられた細い目には、能吏らしいするどいひかりがあった。

「そうだが」

「そこもとは、伝兵衛店にお住まいでござるか」

初老の武士が、源九郎の身装に目をやりながら訊いた。長屋暮らしの貧乏牢人と見たらしい。

「いかにも」

「つかぬことをお訊きするが、この長屋に、ちかごろ若い武士が越してこなかったかな」

初老の武士が訊いた。

「若い武士……」

源九郎は、首をひねって見せた。すぐに、青山京四郎のことだと察知したが、名を出さなかった。ふたりの武士の正体が知れなかったからである。

「表通りの店で聞いてきたのだが、大川端で若い娘を助けた武士が、この長屋に住むようになったとか」

やはり、青山のようだ。

「それがしは牢人で、名は華町源九郎。失礼だが、おふたりは」

源九郎が訊いた。

「いや、これは、ご無礼つかまつった。それがしは、高野《たかの》主計《かずえ》にござる。さる大名家にかかわりのある者だが、家名はご容赦いただきたい」

壮年の武士が慇懃《いんぎん》な口調で言うと、脇に立っていた偉丈夫の武士が、

「それがしは、中条鎌三郎《なかじょうけんざぶろう》にござる」

と低い声で言って、ちいさく頭を下げた。

「それで、若い武士の名は」

「青山京四郎さまだが……」

高野が戸惑うような顔をして言った。

青山の名を口にするのは、まずいのか。それとも、ときに応じて偽名を使うことでもあるのだろうか。

「して、どのようなご用でござる」

源九郎は、ふたりの話を聞けば、青山の正体が知れるのではないかと思ったのだ。

「われらは、青山さまの身を案じているのだ。他言できぬが、このままでは青山さまの身が危ういのでござる」

高野の声に苛立《いらだ》ったようなひびきがくわわった。源九郎の執拗《しつよう》な問いに、辟易《へきえき》したようだ。

「ご案内いたそう」

源九郎は、高野が青山さまと呼んだことから、ふたりは青山の家臣ではないかとみたのだ。そうなると、青山の身分はかなり高いことになる。

源九郎は、ふたりを青山の住む部屋へ連れていった。表の腰高障子はあいたままだった。戸口から覗くと、青山は座敷の隅に横になって眠っているようだった。

「青山どの、入るぞ」

源九郎が戸口で声をかけた。

青山は、すぐに身を起こし、眩しそうな目で戸口を見た。その顔に照れたような笑いが浮き、

「高野、中条、よくここが分かったな」

と言って、戸口の方へ出てきた。

「わ、若、いや、青山さま、このような長屋に……」

高野が困惑したように声をつまらせて言い、すぐに源九郎を振り返って、

「すまぬが、遠慮していただけぬか、内密な話がござって」

と、小声で言い添えた。

「おお、これは迂闊《うかつ》。ご無礼つかまつった」

源九郎は慌てて戸口から出た。その場にいて、青山と高野たちの話を聞こうと思ったのだが、そうもいかなくなった。

やむなく、源九郎は部屋にもどった。青山たちのことが気になったが、盗み聞きすることもできず、仕方なく源九郎は、傘張りを始めた。あまり気は進まなかったが、やることがなかったのである。

その日、陽が沈み、源九郎が夕餉のために台所の竈《へっつい》でめしを炊いていると、菅井と孫六《まごろく》が顔を出した。菅井が貧乏徳利を提げていた。源九郎と酒でも飲むつもりで持参したらしい。

「へっへへ……。旦那、めし炊きですかい。早く、連れ合いをもらえばいいのによ」

孫六がニヤニヤしながら言った。

孫六は還暦を過ぎた年寄りである。元は腕利きの岡っ引きだったが、だいぶ前に中風を患い、すこし足が不自由になって引退し、今は長屋に住む娘夫婦の世話になっていた。

「この歳になって、連れ合いをもらえるか。女はもうたくさんだよ」

源九郎は心にもないことを言って、襷《たすき》をはずした。めしは炊き終わっていた。後は蒸らすだけである。

「まだ、旦那は若《わけ》え。女気がねえと、早く歳を取りやすぜ」

そう言って、孫六が口元に卑猥《ひわい》な笑いを浮かべた。

「わしのことより、富助《とみすけ》はどうだ。元気か」

「へえ、玉のようにころころしてまさァ」

孫六が目尻を下げて言った。

昨年、孫六の娘夫婦に待望の男児が産まれ、富助という名をつけた。孫六は初孫の富助を目のなかに入れても痛くないほど可愛がっていて、暇にまかせて富助を背負い、長屋を歩きまわっているのだ。

「おい、華町、一杯やろう」

菅井は勝手に座敷に上がり、貧乏徳利を膝先に置いて胡座《あぐら》をかいていた。

六

「華町、知ってるか」

菅井が源九郎の膝先の湯飲みに酒をつぎながら言った。

「何のことだ」

「青山どののところに、武士が三人来ているらしいぞ」

「三人か」

もうひとり訪ねてきたのであろうか。源九郎が知っているのは、高野と中条だけである。

「それも、身分のありそうな武士だそうだ」

菅井は、孫六から話してくれ、と言って、脇で胡座をかいている孫六に目をやった。

「あっしが富をおぶって、青山の旦那の部屋の前を通りかかったんでさァ」

そう前置きして、孫六が話しだした。

青山の住む部屋の腰高障子の向こうから、くぐもった男の話し声がした。孫六は、華町の旦那でも来ているのかと思ったが、声がちがう。それに、ふたりだけでなく、何人かいるようなのだ。

背中の富助は眠っていた。悪いとは思ったが、孫六は足音を忍ばせて腰高障子に近寄った。そして、障子の破れ目から覗くと、座敷に四人の武士の姿が見えた。正面の奥に、青山が座していた。対座している三人の武士は背中しか見えなかったが、いずれも羽織袴姿である。

四人の男は声が洩《も》れるのを恐れて、ひそひそと話していた。薄暗い部屋のなかは重苦しい雰囲気につつまれている。

孫六は息を殺し、障子に顔を近付けて聞き耳を立てた。話の内容は聞き取れなかったが、ときどき、若、とか、それは、なりませぬ、とかいう声が聞こえた。青山が口にしたことを、三人の武士が窘《たしな》めているような感じがした。

そのとき、ふいに背中の富助が目を覚ましてぐずり始めた。孫六は慌てて腰高障子から離れた。

そして、通りかかった菅井に青山の部屋のことを話し、ふたりで連れ立って源九郎の部屋へやってきたのである。

「青山の旦那は、ただ者じゃァありませんぜ。三人の侍は、若と呼んでやしたからね」

孫六が、もっともらしい顔をして言い添えた。

「そのようだな」

源九郎は、高野が大名家にかかわりがあると言ったことから、青山は大名家の庶子ではないかと思った。それも、世継ぎとは縁のない庶子であろう。そうでなければ、石高のすくない大名の子であっても、風来坊のように江戸市中を徘徊《はいかい》するようなことはないだろう。

源九郎がそのことを話すと、

「お大名の若さまですかい」

と、孫六が目を剝いて言った。

「おれも、そうみるな」

菅井がしかつめ顔で言った。

「大名の子といっても、境遇はおれたちと変わらんかもしれんぞ」

孫六が、身を乗り出すようにして訊いた。

「どういうことで」

「世継ぎには、縁のないはぐれ者ということさ」

「はぐれ者の若さまが、はぐれ長屋に越してきたってわけですかい。こいつはいいや」

孫六が愉快そうに言った。

それから、三人で一刻（二時間）ほど、おだをあげながら酒を飲んだ後、源九郎の炊いためしで茶漬けを作って食った。

「ま、長屋で何かあれば、おれたちの耳にとどくだろう」

そう言って、菅井が腰を上げると、孫六も赤い顔をして立ち上がった。顔が赤いのは酒のせいである。

「華町の旦那、いい月ですぜ」

孫六が戸口に立って、外を覗きながら言った。孫六の足元へ、月光が射し込んでいる。

「どれ、どれ」

源九郎も土間から外へ出て、上空に目をやった。

長屋の屋根の上に、十六夜の月が皓々《こうこう》とかがやいていた。青磁色の淡い月光が長屋をつつんでいる。

そのとき、井戸端の方で足音が聞こえた。夜陰のなかに目を凝《こ》らすと、武士体の男の姿がぼんやりと見えた。こちらに走ってくる。長屋の者ではない。羽織袴姿で二刀を帯びていた。

「何者だ！」

菅井が顔をけわしくして誰何《すいか》した。

淡い月光のなかに、武士の顔が浮かび上がった。面長で、鼻梁の高い男だった。高野でも中条でもなかった。むろん、青山でもない。男はこわばった顔で、戸口に立っている源九郎たちの前を走り過ぎていく。

「あいつ、青山さまのところにいたひとりだ」

孫六が言った。

どうやら、孫六が見た三人の武士のうちのひとりらしい。となると、青山に所縁《ゆかり》のある武士ということになる。外に出ていて、何か火急の知らせのためにかけ戻ったのかもしれない。

「旦那、あっしが見てきやすぜ」

孫六が言い残し、通り過ぎていった武士の後を追った。すこし、足元がふらついている。酔いのせいらしい。

「おれも、見てくる」

菅井も孫六の後を追って走りだした。

ふたりの姿は、すぐに夜陰に溶けて見えなくなった。ただ、足音だけは、いっとき聞こえていた。

……お節介な連中だ。

と、源九郎は思ったが、そのまま部屋へひっ込む気にもなれず、その場につっ立って孫六と菅井の消えた夜陰に目をむけていた。

いっとき待つと、菅井と孫六が帰ってきた。

「あの男、寺井《てらい》という名らしい」

菅井によると、青山の住む部屋へ入った武士に、なかにいた青山が、寺井、と声をかけたという。

「それで、何かあったのか」

源九郎が訊いた。

「それが、よく聞こえんのだ。なかで、ぼそぼそ話していたようだがな」

菅井が言うと、つづいて孫六が、

「青山さまたちは、声が洩れねえように用心してやしてね。障子をあけてなかに入《へえ》れねえし、盗み聞きするのも気が引けやすんで、帰《けえ》ってきたんでさァ」

と、渋い顔をして言い添えた。

「ま、そういうわけだ」

「何かあれば、すぐに知れるだろう」

長屋で隠し事はできないのだ。お節介な連中が、すぐに嗅ぎつけて言い触らす。

「おれは、部屋へ帰って寝るぞ」

菅井は、指先でとがった顎を撫《な》でながら夜陰のなかへ歩きだした。

「あっしも、富の寝顔でも拝んでから寝やすかね」

孫六も、菅井につづいて帰っていった。

……わしも、寝るか。

源九郎は両腕を突き上げて、大きな欠伸《あくび》をした。いつの間にか、酔いも覚めている。

七

「旦那、大変《てえへん》だ！」

戸口で孫六の叫び声がした。

ひどく慌てている。何かあったらしい。源九郎は傘の骨に糊を付けていた刷毛《はけ》を置くと、いそいで土間へ下りた。

「どうした孫六」

「き、斬り合いだ！」

孫六が喉のつまったような声を上げた。走ってきたせいであろう。肩で息をしている。丸い目で小鼻の張っている孫六の顔は、狸に似ているのだが、上気して赭く染まった顔は猿のようだった。

「だれが、どこで、斬り合っているのだ」

源九郎が畳みかけるように訊いた。

「あ、青山さまのところへ来た、寺井ってえお侍で」

「それで、場所は」

「丸徳の近くでさァ」

「行ってみるか」

丸徳は竪川沿いにあり、長屋からは近かった。源九郎に、傘張りの仕事をまわしてくれる店である。

ふたりは路地木戸から出て、竪川沿いの表通りにむかった。騒ぎを聞きつけて、長屋の住人が何人かついてきた。お熊やおまつ、それに長屋に残っている年寄りや子供などである。

表通りに出ると、孫六が、

「旦那、あそこでさァ」

と言って、丸徳のある方を指差した。

見ると、竪川沿いにある狭い空き地に人だかりがしていた。奉公人らしい男やぼてふりなどに混じって女子供の姿もあった。通りすがりの者や近所の住人らしい。

源九郎は人垣の後ろに走り寄り、野次馬の肩口から覗き込んだ。

武士がふたり、青眼に構えあったまま対峙していた。寺井という武士と瘦身《そうしん》の武士である。ふたりは、小袖に袴姿で、袴の股だちを取っていた。叢《くさむら》にふたりのものと思われる羽織が脱いである。

瘦身の武士は、三十代半ばであろうか。瘦せていたが、胸は厚く腰まわりはどっしりとしていた。着物の上からも、ひき締まった筋肉が体をおおっていることが見てとれる。

……手練《てだれ》だ！

と、源九郎は思った。

瘦身の武士の切っ先は、寺井の喉元につけられていた。隙のない、腰の据わった構えで、全身に気勢が満ちている。

寺井もなかなかの腕だった。相青眼の構えには隙がなかった。切っ先は対峙した武士よりやや高く、ピタリと敵の目線につけられている。

ただ、痩身の武士の方が構えに威圧があるらしく、寺井は押されていた。およそ三間の間合を保ったまま、寺井がジリジリと後じさっていく。

ふたりを取りかこんだ野次馬たちは、息を呑んで見つめていた。真剣勝負の緊迫が、野次馬たちの目を奪っているのだ。

と、寺井の足がとまった。寺井の背が川岸に植えられた柳の幹に迫り、それ以上後じされなくなったのだ。

つ、つ、と痩身の武士が身を寄せ、一気に斬撃の間境に迫った。

刹那、痩身の武士の全身に斬撃の気が疾《はし》った。

イヤアッ！

トオッ！

ふたりは裂帛《れっぱく》の気合を発し、ほぼ同時に体《たい》を躍動させた。キラッ、とふたりの刀身が西陽を反射、二筋の閃光《せんこう》がはしった。

痩身の武士が突き込むように籠手をみまい、寺井は袈裟《けさ》に斬り込んだ。だが、痩身の武士の方が一瞬迅《はや》く、斬撃もするどかった。

次の瞬間、痩身の武士の切っ先が、寺井の右の前腕を抉った。寺井の斬撃は、空を切って流れた。寺井の前腕が裂け、血が噴出し、赤く染まっていく。

と、寺井が右手に跳び、刀を構えたまま竪川の土手沿いを横に走りだした。痩身の武士が後を追う。

ザザッ、と叢を分ける音がひびいた。

ふいに、寺井の足がとまった。右手は桟橋につづく石段になり、行きどまりだった。逃げ場がない。寺井の顔がゆがみ、構えた剣尖《けんせん》がわずかに浮いた。恐怖に身が硬くなっているのだ。

「逃さぬ！」

言いざま、痩身の武士が間合をつめた。

……まずい、斬られる！

と、源九郎が胸の内で叫んだ。

そのとき、野次馬たちがざわめき、待て！　とするどい声が飛んだ。人垣を分けて飛び出してきたのは、中条と青山だった。

「村神泉十郎《むらがみせんじゆうろう》、おれが相手だ」

言いざま、中条が痩身の武士の前に走った。痩身の武士は、村神という名らしい。中条たちの知っている男のようだ。

一瞬、村神の顔に逡巡《しゆんじゆん》するような表情が浮いたが、青山に視線をとめると、

「いずれ、また」

と言い残し、すばやい動きで左手に走った。

そして、中条との間合があくと、反転して走りだした。

中条と青山は、村神の後を追わなかった。遠ざかっていく村神の背に目をやっただけで、すぐに寺井のそばに歩を寄せた。

「寺井、大事ないか」

青山が声をかけた。

「はい、かすり傷です」

寺井はそう言ったが、かすり傷ではなかった。出血が激しく、右手は赤い布を巻いたように血に染まっている。

そのとき、野次馬に混じってことの成り行きを見ていた孫六が、

「華町の旦那、見ているだけですかい」

不満そうな顔をして、源九郎に言った。

「そうだな。これ以上、見ていても仕方がないな。長屋にもどるか」

源九郎がきびすを返すと、

「まったく、旦那は冷てえんだからよ。助太刀してやりゃァよかったのに」

孫六はひとりつぶやきながら、源九郎に跟《つ》いてきた。

野次馬たちはひとり去りふたり去りして、人影が急にすくなくなった。お熊やおまつなど長屋の住人は連れ立って、ぞろぞろと引き上げていく。

第二章　田上藩

一

庇《ひさし》から落ちる雨垂れの音が絶え間なく聞こえていた。空は厚い雲におおわれ、小糠雨が降りつづいている。まだ、四ツ（午前十時）ごろだったが、部屋のなかは夕暮れ時のように薄暗かった。

源九郎と菅井は、将棋盤を前にして座っていた。むずかしい局面なのか、菅井は将棋盤を睨んだまま黙考している。

今日は、朝から雨だった。源九郎が朝餉《あさげ》を終えると、すぐに菅井が将棋盤を持って顔を出し、座敷に上がって当然のことのように駒を並べ始めたのだ。仕方なく、源九郎も相手になっていたのである。

「華町、この桂馬だがな。妙手だぞ」

菅井が渋い顔をして言った
打った桂馬が、王手角取りの手だった。

「王を逃がすしか、手はないな」

逃がしても、菅井に勝機はなかった。あと数手でつむだろう。

「角などくれてやる」

菅井が、王を下げた。

「されば、この手だ」

源九郎は桂馬で角を取らず、王の後ろに金を打った。飛車がきいていて、王で金を取ることはできない。これで、王は後ろへ逃げることができなくなった。

「うむむ……」

菅井が口をひきむすび、低い唸《うな》り声を上げた。頰が抉《えぐ》れ、細い目がつり上がっている。浅黒い陰気な顔が、赤みを帯びて夜叉《やしゃ》のようになっている。

「どうやら、勝負あったな」

菅井も数手でつむことが分かったらしい。

いきなり、菅井は盤の上の駒をかきまわし、

「されば、もう一局」

と言うと、勝手に駒を並べ始めた。

「もう、一番だけだぞ」

源九郎は将棋に飽きてきていたが、仕方なく駒を並べ始めた。

それから、小半刻（三十分）ほどし、戸口の前で下駄の泥を落とす音がした。だれか来たらしい。

腰高障子があいて、着古した半纏《はんてん》に股引姿の男が顔を出した。長屋の住人で研《と》師《ぎし》をしている茂次《しげじ》である。歳は二十九、お梅《うめ》という女房をもらったばかりである。

研師といっても路地裏や長屋などをまわり、包丁、鋏《はさみ》、剃刀《かみそり》などを研ぎ、頼まれれば鋸《のこぎり》の目立てなどもして暮らしていた。茂次も町筋を歩く商売だったので雨が降れば仕事にならず、暇潰しに源九郎の部屋へ顔を出したのである。

茂次は刀槍を研ぐ名のある研屋に弟子入りしたのだが、親方と喧嘩して飛び出してしまい、いまはわずかな研ぎ賃を稼ぐために路地を歩いている。いわば、茂次も職人の道からはずれた、はぐれ者であった。

「旦那、やってやすね」

茂次は座敷に上がり込み、源九郎と菅井の脇から将棋盤を覗き込んだ。

「茂次、お梅はどうした。雨の日ぐらい、いっしょにいてやったらどうだ」

菅井が将棋盤に目を落としたまま言った。さきほどとちがって、顔に余裕があった。物言いもおだやかである。形勢が、菅井にかたむいているのだ。

「女房なんてなァ、この雨みたいなもんでさァ」

「なんだ、雨とは」

源九郎が訊《き》いた。

「こう降りつづいちゃァ、鬱陶《うっとう》しくていけねえ。女房も、朝からいっしょじゃァ鬱陶しくなりまさァ」

「もっともらしいことを言うではないか」

源九郎は、菅井の飛車の前に金を打った。いい手ではない。菅井の打ちようによっては、金をただでくれてやるようなものである。まずい手だと、分かっていたのだが、考えるのが面倒になったのである。

「そうきたか」

菅井が、ニヤリと笑った。

「ところで、旦那方、青山さまだが、見ているだけでいいんですかい」

茂次が声をあらためて訊いた。

「どういうことだ」

言いざま、パチリ、と菅井が勢いよく角を打った。王手金取りである。菅井にしては、いい手だった。

「昨日、仕事の帰りに、青山さまの家の前を通ったんでさァ。障子があいてたんで目をやると、座敷に四人いやしたぜ」

「寺井どのが、もどったのかな。まだ、寺井どのの傷は癒えていないはずだが」

源九郎は首をひねった。

「寺井さまじゃァねえ。背の高《たけ》え、初めて見る顔ですぜ」

茂次は、高野、中条、寺井、それに青山の顔は見て知っていた。

「どういうことかな」

源九郎は、仕方なく王を逃がした。だいぶ、形勢が悪くなった。このままではつみそうである。

「狭い座敷に、三人寝起きするのも妙だし、新顔も長屋で暮らすようなお侍には見えませんぜ」

高野は長屋に泊まることは稀《まれ》だった。青山と夜を過ごすのは、これまで中条と寺井だったが、寺井が負傷し、いまは中条だけである。

「その男、寺井どのの代わりだな。……王手だ！」

菅井が、敵の大将の首でも取ったような声を上げた。

「いい手だ。……青山どのと寝起きしている者は、警固のためかもしれんぞ」

青山が、何者かに襲われるのを恐れ、腕の立つ者をそばに置いているのである。青山が、若さまと呼ばれていることからみても、大名か大身の旗本の血筋を引いていることはまちがいないだろう。とすれば、理由は分からないが、青山はお家騒動に巻き込まれて命を狙われているのではあるまいか。青山が長屋に住んでいるのも、暗殺者から身を隠すためかもしれない。

「おれもそうみるな。青山は、命を狙われているのだ。……おい、華町、そろそろ観念したらどうだ」

菅井の口許に会心の笑みが浮いた。勝ちを確信したようだ。

「つんだな」

源九郎は手にした駒を将棋盤の上に落とした。

「ねえ、旦那、このままでいいんですかい」

茂次が、また訊いた。

「頼まれもしないのに、首をつっ込むことはないさ。長屋の者に、危害でも及ぶようなら別だがな」

源九郎は両手を突き上げて大きく伸びをすると、肩をまわした。朝から指しつづけて肩が凝《こ》ったのである。

さすがに、菅井も、もう一局、とは言わなかった。背筋を伸ばして、腰をさすっている。腰が痛くなったのだろう。

二

おふくは、戸口の腰高障子をすこしあけて、斜《はす》向かいの腰高障子を見ていた。青山が住んでいる部屋である。いま、おふくは家にひとりだけだった。母親のおしげは、洗濯をしに井戸端に出かけている。

……早く、青山さまだけにならないかな。

おふくは祈るような気持で、青山がひとりになるのを待っていた。おふくの手には、浅蜊《あさり》と葱《ねぎ》の煮染《にしめ》の入った丼がある。昨夕、おふくが夕餉の菜《さい》に煮付けたものだが、青山に食べさせようと余分に作ったのだ。

おふくは、青山が長屋で暮らすようになってから、何度か煮染や漬物などを青山にとどけていた。

青山は中条と寺井という武士と三人で暮らしていたが、ほとんど食事の支度はせず、近所のそば屋や一膳めし屋などで済ませているようだった。それでも、中条と寺井がときおり竈《へっつい》でめしを炊いたので、おふくのとどける菜はありがたがられたのだ。

おふくは、青山がひとりになったときに煮染をとどけたかった。青山とふたりだけで話したかったのである。

おふくは、青山に助けられてから、青山を特別な目で見るようになった。青山が何をしているのか、気になってならない。青山のことを思うと、胸がドキドキし、体が燃えるように熱くなってくる。そして、おふくの胸に、青山のそばにいたいという思いが衝き上げてくるのだ。

ただ、おふくの場合、女の恋といえるようなものではなかった。少女の憧れであり、夢見るような淡い恋心である。

おふくが腰高障子の陰に立って小半刻（三十分）ほどしたときだった。向かいの部屋の腰高障子があいて、武士がふたり姿を見せた。中条と高野である。ふたりは戸口のところで、振り返り、部屋のなかに何か声をかけていた。青山と話しているようだ。

中条と高野はすぐに戸口から離れ、路地木戸の方へ歩きだした。青山は部屋に残ったようである。

……青山さまが、ひとりになる。

おふくは胸をドキドキさせて、離れていく中条と高野の後ろ姿を見つめていた。

ふたりの姿が路地木戸の先に消えると、おふくは煮染の入った丼を手にして戸口から出た。胸が高鳴り、首筋から耳のあたりが熱くなっている。

西陽が長屋の腰高障子を照らし、淡い鴇色《ときいろ》に染めていた。長屋中から聞こえてくる人声、水を使う音、障子をあけしめする音などが、ひどく遠いところから聞こえてくるような気がした。おふくは下駄で歩いている自分の足が、しっかり地についていないような気がした。

おふくは青山のいる部屋の腰高障子の前に立った。なかで、かすかに物音がした。着替えをしているような音である。

おふくは、その音がやむのを待ってから声をかけた。

「青山さま……。青山さま……」

蚊の鳴くようなちいさな声だった。胸が早鐘のように鳴り、声がかすれて出なかったのだ。

「だれかな」

青山のおっとりした声が聞こえた。

「お、おふくです」

やっと、かすれ声が出た。

「おふくどのか、入ってくれ」

青山の屈託のない声に勇気づけられ、おふくは腰高障子をあけた。

土間の先の座敷に青山がひとり立っていた。満面に笑みを浮かべている。やさしそうな顔である。

「何かな、おふくどの」

そう言って、青山はおふくに近付いてきた。

いつもの納戸色の小袖に角帯姿で、袴は穿《は》いていなかった。袴は部屋の隅に丸めて置いてある。袴を取ったところらしい。

「あの、青山さまに、食べてもらおうと思って……」

おふくは、おずおずと手にした丼を前に出した。上気して、おふくの豊頬が林《りん》檎《ご》のように赤く染まっている。

青山は丼のなかを覗き、

「浅蜊と葱か！」

青山が目を剝《む》いて、急に大きな声をだした。

「煮付けたのです」

おふくが顔を伏せて言った。

「食してもよいか」

「は、はい」

おふくが答えると、青山はすぐに指先を丼のなかに入れて煮染を摘《つ》まみ、口に運んだ。

「うまい！　おふくどのは、いつもこんなうまいものを食しておるのか」

青山が感嘆の声を上げた。ただの浅蜊と葱の煮染なのに、山海の珍味でも食べたような物言いである。

だが、おふくは嬉しかった。青山が食べてくれ、喜んでくれたのだ。

青山は、三度つづけて煮染を指先で摘まんで口に入れたが、ふいに何か気付いたように手をとめ、

「これは、夕餉の菜にせねばならぬな」

と言って、慌てて手をひっ込めた。

「ここに置きますから、夕餉に食べてください」

おふくは、板敷の間の隅に丼を置いた。

「いつも馳走になるばかりで、まことにすまぬ」

そう言って、青山は上がり框《がまち》のそばに座した。

おふくも、青山からすこし離れて上がり框に腰を下ろし、腰高障子の方に目をやった。

ふと、話がとぎれ、ふたりを静寂がつつんだ。すぐ脇に、青山が座している。手を伸ばせばとどきそうな距離である。

おふくは何を話していいか分からず、身を硬くしていると、胸の鼓動が体中から聞こえだした。顔が熱くなり、膝先に置いた手が震えている。

「そうだ、おふくどのに頼みがある」

青山が、急に立ち上がった。

「何ですか」

おふくは、青山を振り返って見た。

「すまぬが、この着物を洗濯してくれぬか。着たきりでな、臭くてかなわぬ」

青山はその場で帯を解き始めた。言われてみれば、青山は大川端で初めて見たときから、同じ納戸色の小袖を着ている。

「……！」

おふくは目を剝いた。

青山はおふくの目の前で納戸色の小袖を脱ぎ、下帯ひとつの裸になったのだ。おふくはいきなり心ノ臓でもつかまれたように仰天し、青山の裸形を意識すると、顔が火のように赤くなった。

「頼むぞ」

何食わぬ顔で、青山は脱いだ小袖をおふくの膝の脇へ置いた。

「か、代わりのお召し物は……」

やっとのことで、おふくが訊いた。

「なに、着替えはあるのだ。高野が持ってきてくれてな」

青山は、部屋の隅にあった風呂敷包みを解くと、なかから浅葱色《あさぎいろ》の着物を取り出して袖をとおした。子持縞のこざっぱりした単衣《ひとえ》である。

おふくは、そっと膝の脇の納戸色の小袖を引き寄せた。なるほど、異臭がする。だが、おふくはすこしも嫌な臭いだと思わなかった。

……青山さまの匂いだ。

と思うと、高貴な香りのような気さえしたのである。

三

「おふくちゃん、おふくちゃん」

おふくが戸口から出ると、後ろから声をかけられた。

おせんである。おふくは、おせんと仲がよかった。おふくは竪川沿いにある久《ひさ》乃《の》屋《や》というそば屋に、四ッ（午前十時）から暮れ六ッ（午後六時）ごろまで手伝いに行っていた。

久乃屋は暮れ六ッ過ぎも店をひらいていたが、おふくの父親の茂助が、若い娘は暗くなる前に家に帰らなけりゃァいけねえ、と強く言って、久乃屋のあるじと掛け合い、おふくの勤めを暮れ六ッまでにしてもらったのである。そのため、手間賃は相場よりすくなかった。

一方、おせんは、久乃屋の二軒先の団子屋に小女として勤めていた。団子屋は暮れ六ッになると店をしめる。

ふたりは帰りがいっしょになることが多く、行き帰りによく話したのだ。

「なに、おせんちゃん」

おふくは、手に風呂敷包みを持っていた。なかに、先日、青山から洗濯を頼まれた小袖が入っている。

「聞いたわよ、おくにちゃんから」

おせんが、落ちている魚でも見つけた猫のような目をして言った。おくにも、長屋に住む同じ年頃の娘である。

「何を聞いたの」

「青山さまとのこと。ちかごろ、おふくちゃん、青山さまの部屋へ入り浸ってるそうじゃないの」

「そ、そんなことないわよ」

おふくは声をつまらせて言った。顔が火照《ほて》り、胸がドキドキしているのが自分でも分かった。

「隠しても駄目。おみねちゃんもおしげちゃんも、ふたりのこと噂してるもの」

おせんが、囃《はや》し立てるように言った。おみねとおしげも、長屋に住む娘である。

「やだ、あたし、おっかさんに言われて、余り物の煮付けをとどけただけなんだからね」

おふくは嘘を言った。咄嗟《とっさ》に、口から出てしまったのだ。おっかさんに、内緒でとどけたとは言えなかったのである。

「でもね、気をつけた方がいいわよ。青山さまは、お大名の若さまかもしれないから」

おせんは急に分別臭い顔をした。

「お大名の若さま……」

おふくも、青山が身分の高い武士であることは感じ取っていた。それに、いっしょにいる中条や高野が、青山のことを、若、と呼ぶのを聞いていた。おふくも、青山は若さまではないかと思っていたが、大名の若君とまでは考えなかった。

……だって、青山さまの着物はよれよれだし、汗と垢で臭いんだもの。

そう思ったとき、ふいにおふくの胸に笑いが衝《つ》き上げてきた。汗臭い着物を着た大名の若さまが、おふくに洗濯を頼み、いまその着物は風呂敷に包まれ、おふくの腕に抱かれているのである。

おふくが笑いをこらえていると、

「どうしたの、おふくちゃん」

おせんが、おふくの顔を覗き込んで訊いた。

「だって、お大名の若さまが、長屋に住んでるなんて、おかしいじゃない」

おふくは、笑いだした。

「それもそうだけど……。でも、青山さまが若さまなのは、まちがいないわ。お大名の若さまじゃァなかったとしても、あたしやおふくちゃんには、そばにも近寄れないほど身分の高いひとよ」

おせんが、向きになって言いたてた。

「そうだわね」

おふくの顔から笑いが消えた。急に頭から冷水をかけられたように、火照っていた顔から血の気が引いた。

おふくも、青山さまは、わたしとは身分のちがう方なのだ、と分かっていた。町人と武士というだけでなく、青山はおふくと別の世界に住む男なのである。

「ねえ、おふくちゃん」

おせんがおふくの耳元に顔を寄せてささやいた。

「気を許しちゃァ駄目よ、後で泣かされるから」

おせんは、体を許してはいけないと言っているのだ。

「……！」

そのとき、おふくの脳裏に青山の裸形がよぎった。おふくの顔がこわばり、胸の風呂敷包みを抱く手に力がこもり、風呂敷包みがつぶれたようになっている。

おふくは、戸口でおせんと別れると、腰高障子をあけて部屋へもどった。そのまま青山の許へ行けなかったのである。

おふくは土間に立ち、遠ざかっていくおせんの下駄の音を聞いていた。そして、下駄の音が聞こえなくなると、腰高障子をあけて外へ出た。見ると、おせんの姿はなかった。部屋へ入ったらしい。

なぜか、おふくは足音を忍ばせて青山の部屋へむかった。もっとも斜向かいなので、すぐである。

おふくは戸口の前に立ち、青山さま、と声をかけた。いつもなら、青山がひとりかどうか部屋のなかの気配を窺《うかが》ってから声をかけるのだが、今日はその余裕がなかった。おせんやおみねたちの目が、自分に注がれているような気がしたからである。

「どなたかな」

部屋から聞こえたのは、青山とはちがう男のしゃがれた声だった。

……別のひとがいる！

と、おふくは思ったが、後の祭りだった。

「お、おふくです」

おふくは、声を震わせて言った。逃げ帰るわけにはいかなかったのである。

腰高障子があいて、顔を出したのは高野だった。そのとき、障子の隙間から、三人の武士が座敷にいるのが見えた。ひとりは、青山である。もうひとりは中条だった。背丈のある武士は、初めて見る顔だった。座敷がうす暗いせいもあって、重苦しい雰囲気につつまれているように見えた。

「何か、用か」

高野の顔は、いつになくけわしかった。

「あ、青山さまに、これを」

思わず、おふくは手にした風呂敷包みを高野の前に突き出した。

「何かな、これは」

高野が、すこし声を和らげた。

「青山さまに、渡していただければ……」

おふくは消え入りそうな声で言った。青山に頼まれた洗濯物だとは、言えない雰囲気があった。

「渡せばよいのだな」

そう言って、高野がおふくから風呂敷包みを受け取ったとき、

「おふくどのか」

青山が戸口から声を上げた。

そして、高野を脇へ押し退《の》けるようにして外へ出てきた。

「おふくどの、すまんな。いま、立て込んでおってな。そなたとゆっくりと話しもできぬ。また、出直してくれ」

「は、はい」

おふくは慌てて青山に頭を下げると、きびすを返して小走りに部屋へ向かった。おふくは、その場を離れるしかなかったのである。

四

青山は座敷にもどると、高野から風呂敷包みを受け取り、

「だいぶ、汚れたのでな。おふくどのに、洗濯を頼んだのだ」

と、苦笑いを浮かべて言った。

「われらが、行き届かず、まことにもうしわけございませぬ」

高野が悲痛な顔で低頭した。

脇に座していた中条も肩を落とし、深く頭を下げた。

「何を言う。そちたちの落ち度ではない。屋敷を出て流浪の暮らしをしているのは、おれが望んだことだ」

「しかし、いずれ田上《たがみ》藩八万石を継がれるお方が、このようなうらぶれた長屋で暮らさねばならぬとは……。何ともおいたわしゅうございます」

高野が膝先に視線を落とし、絞り出すような声で言った。そうでなくとも皺《しわ》の多い顔の額に、深い縦皺が刻まれている。

「ところで、寺井の傷はどうだ」

青山が、声をあらためて訊いた。

「だいぶ、癒えたようでございますが、まだ刀をふるうのは無理なようです」

高野が答えた。

「そうか。無理をさせるでないぞ」

青山が言った。

寺井が竪川沿いの通りで村神泉十郎に右手を斬られてから、五日経っていた。命にかかわるような傷ではなかったが、傷がふさがるまで安静にしている必要があった。

寺井は藩邸にはもどらず、高野の息のかかった家臣の町宿に身をひそめていた。しばらく、青山たちと行動を共にすることはないだろう。なお、町宿というのは、藩邸に入れなくなった江戸勤番の藩士が、町人地の借家などを宿にすることである。

「それで、父上の病状はどうだ」

青山の父、藩主青山伊勢守恭安《いせのかみただやす》は病床に臥《ふ》せっていた。老齢である上に風邪をこじらせ、体がだいぶ衰弱していた。

「だいぶ、ご快復なされ、ちかごろは御殿から出られ、庭を歩くこともあるそうでございます」

「それはなによりだ」

青山は父が重篤だったときに見舞った後、すぐに上屋敷を出てしまい、その後、顔も見ていなかったのだ。

「ですが、ご高齢でございますし、だいぶ、ご気力も萎《な》えているご様子。これ以上、藩の政事《まつりごと》をつづけるのは、無理かと存じます」

高野の顔を憂慮の翳《かげ》がおおった。

青山恭安は五十八歳で、四人の子がいた。嫡男の忠寛《ただひろ》、次男の康広《やすひろ》、三男の京四郎、それに長女の房姫《ふさひめ》である。

ただ、嫡男の忠寛は十五年前、十七歳の若さで病死していた。そのため、世継ぎは次男の康広ということになっていたが、康広は虚弱で二十五歳になるいまも、子供のような体軀《たいく》であった。それに、このところ病気がちで病の床に臥していることが多く、とても藩主の座は継げないだろうとみられていた。

そこで、重臣の間から、三男ではあるが英明で身体強健な京四郎に田上藩を継がせてはどうかという話が出た。恭安も康広の虚弱な体質では、藩主の座はつとまらないだろうとみて、京四郎が継ぐことに反対しなかった。

京四郎にとっては、寝耳に水であった。それまで、三男ということで、ふたりの兄たちにくらべ勝手気儘《きまま》な暮らしをしていた。江戸の藩邸で過ごしていたが、しばしば屋敷を抜け出して江戸市中を徘徊《はいかい》し、芝居見物に行ったり、料理茶屋で飲んだり、ときには吉原にもお忍びででかけることもあったのである。

京四郎は田上藩を継ぐことに、乗り気ではなかった。次男の康広に対する遠慮もあったし、自由気儘な暮らしをつづけてきた京四郎は、堅苦しい藩主の座につくことを望まなかったのである。

そうした京四郎の思惑はともあれ、家中は京四郎が家督を継ぐことで、態勢がかたまりつつあった。

ところが、京四郎が田上藩を継ぐことに強く反対する者がいた。恭安の弟、青山上総守紀直《かずさのかみのりなお》である。紀直は、兄の恭安が田上藩を継ぐとき、田上藩の領地を八千石分地してもらって分家を立て、旗本として江戸で暮らしていた。

紀直は、まだ四十歳の壮年で気力に溢れ、しばしば田上藩の統治に口をはさんできた。

その紀直が病床の恭安を訪ね、

「兄上、三男の京四郎に、田上藩を継がせてはなりませぬぞ。次男をさておいて、三男に継がせるようなことになれば、かならず家が乱れます。それに、兄上、京四郎は庶子でございますぞ」

と、念を押すように言った。

紀直のいうとおり、京四郎だけが側室の子だったのだ。そのこともあって、京四郎は世継ぎなど念頭になく、勝手気儘な暮らしをしていたともいえる。

さらに、紀直は言をつづけた。

「兄上、康広が病気がちであることを懸念《けねん》されるなら、どうでござろう、それがしがしばらくの間、康広の後見人として仕置をみてもかまいませぬが」

この申し出に、恭安の心が動いた。そして、康広の健康が快復するまでという条件付きで、紀直に後見人を頼み、康広に田上藩を継がせてもよいと思うようになったのである。

ところが、康広が田上藩を継ぐことに多くの重臣が反対した。康広はともかく、紀直が後見人として田上藩に入ることに反発したのである。

反対した重臣たちは、田上藩が紀直に乗っ取られることを危惧したのだ。病弱な康広が藩主の座についても紀直の傀儡《かいらい》であり、藩の実権は紀直に掌握されるとみたのである。

こうした重臣たちの反対に対し、紀直はただ座してはいなかった。紀直は態度をはっきりさせていなかった重臣たちに働きかけて、味方に引き入れようとした。

紀直は、康広が藩主になった後に、加増と栄進させることを餌に重臣たちを籠《ろう》絡《らく》し、急速に藩内に勢力をひろげてきたのだ。

紀直のこうした動きで、藩内の意見の対立が顕著になってきた。京四郎を推すのは国家老の吉松重右衛門《よしまつじゆうえもん》をはじめ、国許を中心とする家臣たちが多かった。

一方、紀直が江戸在住ということもあって、康広に藩主を継がせようとする一派は江戸家老の竹島与佐右衛門《たけしまよざえもん》を中核に、留守居役の田之倉盛蔵《たのくらもりぞう》などもくわわった。

しだいに家中の対立は激化し、藩内が吉松派と竹島派に色分けされるようになってきた。

そうしたなか、京四郎の居場所がなくなってきた。江戸藩邸では、京四郎を排除しようとする竹島派の勢力が強かったからである。

さらに、京四郎は身の危険も感じるようになってきた。竹島派のなかに、京四郎を亡き者にして一気に騒動の決着をつけようと考え、暗殺を謀《はか》る者がいたのだ。

やむなく、京四郎は江戸の藩邸を出た。暗殺者の手から逃れるためもあったが、京四郎自身も藩邸を出ることを望んだのだ。京四郎は自由気儘な暮らしを望んでいたし、世継ぎにかかわる騒動にうんざりしていたこともある。

「それで、村神たちの動きはどうだ」

京四郎が、声をあらためて訊いた。

竹島派の暗殺者の首魁《しゅかい》と目されていたのが、藩内では随一の剣の遣い手と噂されていた村神泉十郎である。

「若が、この界隈《かいわい》に身をひそめていることを察知したようです」

高野によると、寺井が襲われたのも、村神がこの辺りを探っていて、竪川沿いで寺井と鉢合わせしたためだという。

「いずれ、ここもつきとめられましょうな」

長身の武士が、目をひからせて言った。

眉の濃い、眼光の鋭い男だった。痩身《そうしん》だが、首が太く胸が厚かった。腰も据わっている。剣術の修行で鍛え上げた体である。

この男の名は横溝弥八郎《よこみぞやはちろう》。一刀流の遣い手である。手傷を負った寺井に代わり、青山の身を守るために、長屋で暮らすようになったのだ。

「そのために、横溝と中条に来てもらったのだが、多勢で襲われると、腕の立つふたりでも守りきれまいな」

高野の顔に憂慮の色が浮いた。

つづいて、口をひらく者がいなかった。高野、中条、横溝は、沈痛な顔をして膝先に視線を落としている。座敷は重苦しい沈黙につつまれ、男たちの息の音だけが低く聞こえていた。

「若、いかがでございましょう」

高野が、何か思いついたように顔を上げた。

「ひとまず、この長屋を出られ、町宿にでも身を隠されてはどうですかな」

「その気はない。どこに、身をひそめても、いずれつきとめられよう。それに、おれはこの長屋が気に入っている」

めずらしく、青山は声を強くした。

「若が、そうおおせられるなら、やむをえませんな」

高野が苦渋の顔で言った。

「高野さま、若のお命は、われらがお守りいたします」

中条が言うと、横溝も鋭い眼光のままちいさくうなずいた。

「頼むぞ」

高野は、中条と横溝に頼むしかなかった。

五

孫六は、背中の富助の尻をたたきながら伝兵衛長屋につづく路地を歩いていた。

「おお、よし、よし……」

さっきまで、富助は孫六の背中で眠っていたが、目が覚めてぐずり出したのである。

孫六は、娘のおみよが富助を背にしたまま流し場で洗い物を始めたのを見て、おれがおぶってやろう、と言って、子守を買って出たのである。

しばらく、孫六は家の戸口であやしていたが、富助が寝たのを見て、長屋から出て竪川沿いの通りまでぶらぶらと歩いてきたのである。

七ツ半（午後五時）を過ぎていようか。陽が西の空にまわり、路地を家並の影がおおっていた。そこは表長屋や小体《こてい》な店がごてごてとつづく路地で、長屋の女房や子供、ぼてふり、風呂敷包みを背負った行商人などが行き交っていた。いつもの見慣れた路地の光景である。

孫六の一町ほど先に、おふくとおせんの姿があった。勤め先から長屋に帰るところであろうか。ふたりは、おしゃべりをしながら歩いている。

ふと、おふくとおせんの足がとまった。路傍から、ひとりの武士がふたりに声をかけたのである。

……あんなところで、何を訊くつもりだい。

孫六は武士を目にとめ、不審に思った。

武士は黒羽織に袴姿で、二刀を帯びていた。御家人か江戸勤番の藩士といった格好である。この路地では、あまり武士の姿は見かけなかったので何となく違和感があった。

武士は、おふくとおせんに執拗《しつよう》に話しかけていた。ふたりの娘は武士に何か答えているふうであったが、そのとき、小店の脇から別のふたりの武士が出てくるのを見て、逃げるように長屋につづく路地木戸をくぐった。

……三人も、いやがったのか。

孫六は、足を速めた。ただごとではないと思ったのである。

三人の武士は、路地木戸の前に立ってなかの様子をうかがっている。

……竪川沿いで、斬り合った野郎がいるぜ！

三人のなかのひとりの体軀に見覚えがあった。遠方で顔ははっきりしなかったが、寺井を斬った武士らしい。まだ、孫六は名を知らなかったが村神泉十郎である。

三人の武士が、ゆっくりと路地木戸へ近付いていった。長屋へ行くつもりらしい。

孫六は走りだした。三人の武士が、青山たちを襲うのではないかと思ったのである。孫六が走り出すと、背中の富助がキャッキャッと声を上げて笑いだした。背中が揺れたせいらしい。

源九郎は、傘の骨に刷毛《はけ》で糊を塗っていたが、手をとめ、両腕を突き上げて大きく伸びをした。めずらしく、今日は午後からずっと根をつめて仕事をしたので、肩が凝ったのである。

そのとき、戸口に走り寄る慌ただしい足音と、赤子の笑う声が聞こえた。だれか、赤子を連れた者が来たらしい。

「旦那、大変《てえへん》だ！」

声と同時に、腰高障子があいた。

富助を背負った孫六が、土間に飛び込んできた。

「どうした、孫六」

思わず、源九郎は腰を浮かした。

「やつらが来やがった！」

孫六が目を剝いて言った。富助が孫六の肩口から顔を出し、源九郎を見てニコニコ笑っている。

「やつらというのは？」

「竪川沿いで、寺井という侍を斬ったやつでさァ」

「長屋に来たのか」

源九郎は立ち上がった。

「へい、しかも三人ですぜ」

「青山どのたちのところへ、行ったのか」

長屋に来たとすれば、何をするつもりか知らないが、目的の相手は青山たちでしかないはずだ。

「そうに決まってまさァ」

「行ってみよう」

源九郎は両袖を絞っていた襷《たすき》をそのままにし、かたわらに置いてあった大刀をつかんだ。

孫六につづいて戸口から飛び出した源九郎は、青山たちの住む部屋の方へ小走りにむかった。

青山の部屋の戸口のまわりに長屋の住人が十数人集まり、人垣を作っていた。まだ、仕事に出た亭主たちは帰っていなかったので、近くの部屋に住む女房、子供、年寄りたちである。そのなかに、おふくとおせんの姿もあった。おふくは、胸の前で両手を握りしめ、蒼ざめた顔で青山の住む部屋の戸口へ目をむけている。

その人垣のなかから、華町の旦那だ！　旦那が駆け付けたぞ！　などという声が起こった。源九郎の姿を目にしたのである。

とそのとき、表へ出ろ！　という怒声とともに、腰高障子があけ放たれ、武士が飛び出してきた。三人、なかに村神の姿があった。

つづいて、ふたりの武士が表へ出てきた。中条と横溝である。

「うぬら、田之倉の命で、若の命を奪いに来たな」

中条が、するどい声で言った。

「われらは、京四郎さまを愛宕下へお連れするだけだ」

村神が中条を見すえて言った。

愛宕下に、田上藩の上屋敷があった。そこへ、京四郎を連れて行くつもりのようだ。

「途中、ひそかに若を暗殺するか、上屋敷へもどって毒を盛るつもりであろう。うぬらの魂胆は見えすいているぞ」

中条の顔には怒りの色があった。

「問答無用。力ずくでも、お連れする」

言いざま、村神が抜刀すると、すかさず、村神の脇にいたふたりの武士も刀を抜き、切っ先を中条と横溝にむけた。

いずれも、遣い手だった。腰の据わった隙のない構えで、身辺には剣の遣い手らしい落ち着きと凄《すご》みがある。

「どうあってもやる気か」

中条も抜いた。

すると、中条からすこし間を取り、横溝も抜刀した。

中条と横溝の肩越しに、土間が見えた。そこに、青山が立っていた。困惑したように顔をしかめている。青山は自分では手を出さないつもりらしい。おそらく、その場に居合わせた五人の男は、藩内でも名の知れた遣い手たちなのであろう。自分が、戦える相手ではないとみているにちがいない。

六

その場に集まっていた長屋の住人たちがどよめき、女子供が恐怖に顔をひき攣《つ》らせて後じさった。

「だ、旦那、抜きやしたぜ！」

孫六が昂《たかぶ》った声で言った。

「見れば分かる」

源九郎は、五人の武士に目をむけていた。

五人からするどい殺気が放たれ、息づまるような緊張が辺りをつつんでいる。

五人の武士は対峙したまま気合を発しなかった。異様な静けさのなかで、五人の手にした刀身が不気味にひかっている。

「旦那、助太刀しなくていいんですかい」

孫六が、源九郎を見上げた。その場の殺気だった雰囲気が分かるのか、背中の富助まで緊張した面持ちで源九郎に丸い目をむけている。

「様子を見よう」

源九郎は、大名家の騒動ではないかとみていた。家中にどのような確執があって、青山たちが襲われているのか知らなかったが、いずれにしろ源九郎たちには何のかかわりもないのである。

それより、源九郎は五人の遣う剣に興味を持った。すでに、村神の剣は竪川沿いで見ていたが、他の四人も、それぞれ遣い手のようなのだ。それに、身につけた流派も同じではないらしい。

青眼に構えている者がふたり、八相がふたり、それに下段がひとりだった。真剣で敵対したときの青眼や八相の構えが、微妙に異なっている。

村神と対峙しているのは、横溝だった。ふたりは相青眼に構えていた。村神の切っ先は敵の喉元につけられ、横溝のそれは目線につけられている。

一方、中条は八相に構えていた。刀身を垂直に立て、切っ先で天空を突くように高く構えている。その中条と対峙している中背の武士は、下段に構えていた。切っ先が地面に付きそうなほど低い下段である。

もうひとりの小柄な武士は中条の左手にいて、八相に構えていた。奇妙な八相である。切っ先を背後にむけ、刀身を肩に担ぐように寝せている。

イヤアッ！

突如、村神が裂帛《れっぱく》の気合を発し、真っ向へ斬り込んだ。稲妻のような閃光《せんこう》が疾《はし》り、切っ先が横溝の頭上を襲う。

オオッ！

間髪を入れず、横溝が刀身を振り上げた。

キーン、という甲高い金属音がひびき、青火が散った。ふたりの刀身がはじき合ったのである。

次の瞬間、ふたりは二の太刀をふるった。一瞬の太刀《たち》捌《さば》きである。

村神は後ろへ跳びざま刀身を横に払って胴を狙い、横溝は身を引きながら籠手《こて》へ斬り込んだ。

ザクリ、と横溝の着物の右の袖が裂け、二の腕に血の線がはしった。村神の横に払った切っ先が、横溝の胴ではなく右の二の腕をとらえたのだ。

一方、村神の右手の甲にもうすく血の色が浮いている。

ふたりは、大きく間合をとって、ふたたび相青眼に構え合った。

「お、おのれ！」

横溝の顔が憤怒にゆがんだ。

横溝の傷は深手だった。二の腕から血がほとばしり出て、着物の袖を赤く染めている。

対する村神の傷は浅手だった。手の甲の皮肉を浅く裂かれただけである。

村神と横溝が一合するのとほぼ同時に、中条たちも動いていた。

中条は、するどい気合とともに八相から袈裟《けさ》へ。

対峙していた中背の武士は下段から逆袈裟に斬り上げた。

ふたりの切っ先は、敵の胸元をかすめて交差した。やや間合が遠かったのである。

ふたりが擦れ違った瞬間だった。

タアッ！

短い気合を発し、小柄な男が斬り込んだ。刀身を肩に担ぐように構えていた八相から、踏み込みざま刀身を横に払ったのである。

次の瞬間、中条の左の肩先が裂け、血が噴いた。小柄な男の切っ先が、中条の肩先を裂いたのだ。

だれの目にも、中条と横溝が劣勢だった。斬り合いをつづければ、命はないだろう。

「ま、待て！」

土間にいた青山が、戸口から飛び出してきた。

顔がこわばり、声が震えている。めずらしく、青山は顔の色を失っていた。

「村神、妹尾《せのお》、多野川《たのがわ》、手を引け！」

青山が叫んだ。妹尾と多野川は、中背と小柄な武士の名らしい。

青山の姿を見て、五人の武士はそれぞれ刀身を下げた。

「京四郎さま、われらと同行していただけますか」

村神が京四郎を見すえて訊いた。

「やむをえぬ」

そう言って、京四郎が戸口から出ようとすると、その前に横溝が立ちふさがった。

「なりませぬ！　若、この者たちと同行すれば、命はありませんぞ」

横溝は必死の形相だった。右腕からは、血が流れ落ちている。

中条も、青山の前に立ちふさがり、切っ先を村神たちにむけた。あくまでも、青山の身を守って戦う気のようである。

七

そのとき、おふくが源九郎のそばに走り寄った。血の気のない顔で、目をつり上げている。

「は、華町さま、青山さまを助けて！」

おふくが声を震わせて訴えた。何かに憑《つ》かれたような顔である。

すると、源九郎の脇にいた孫六が、

「旦那、黙って青山さまが斬られるのを見てる手は、ありませんや。あっしらにかかわりはねえかもしれねえが、青山さまは伝兵衛長屋の住人ですぜ」

そう言って、腕まくりした。

孫を背負っている身でどうにもならないはずだが、いまにも青山の前に飛び出していきそうな剣幕である。

「分かった。青山どのに助太刀しよう」

源九郎は、村神の前に進み出た。青山に切っ先をむけている三人の武士のなかでは、村神が一番の遣い手とみたのである。

源九郎も、三人を相手にして勝てるとは思えなかった。それに、かかわりのない三人を、斬る気にもなれなかった。斬らずとも、三人のなかの頭格の村神の動きを封じれば、何とかなるだろうと踏んだのである。

「うぬは、何者だ」

村神が驚いたような顔をして誰何《すいか》した。

「この長屋に住むはぐれ牢人だよ」

そう言って、源九郎は村神と対峙した。

横溝をはじめその場に居合わせた男たちの顔にも、驚いたような表情があった。突然、老いてみすぼらしい牢人が、斬り合いの場に割り込んできたからだ。それに、妙に落ちついているのだ。

青山だけは、驚いていなかった。すでに、大川端で、おふくを助けたとき、源九郎の腕のほどを見ていたからである。

「そこもとは、何のかかわりもない。下がっていてもらおう」

村神が語気を強くして言った。

「長屋の住人が、斬られるのを黙って見ているわけにもいかんのだ。ほれ、見てみろ。みんな心配しているだろう」

源九郎が、すこし離れたところで不安そうな顔で見ている長屋の住人たちを指差した。

「おぬし、命が惜しくないのか」

村神が揶揄《やゆ》するように言った。年寄りと見て侮《あなど》ったらしい。

「おぬしらに、斬られるつもりはないぞ」

源九郎はゆっくりと抜刀した。

「やる気か」

村神は、戸惑うような顔をしながらも切っ先を源九郎にむけた。

中条や妹尾たちは、間合を取ったまま村神と源九郎に目をやっていた。とりあえず、ふたりの立ち合いを見るつもりらしい。

源九郎も青眼に構えて、切っ先を村神の目線につけた。腰の据わったどっしりとした構えである。

「お、おぬし、流は？」

村神が驚いたような顔をして訊いた。

源九郎の気魄《きはく》のこもった構えには、巌《いわお》のような威圧があった。村神は、源九郎が尋常な遣い手ではないと見て取ったのである。

「鏡新明智流、華町源九郎。おぬしは」

「村神泉十郎、迅剛流《じんごうりゅう》を遣う」

名も流派も隠す気はないらしい。

「迅剛流とな」

聞いたことのない流派である。

「国許に伝わる剣だ」

言いざま、村神は青眼に構えた。切っ先がぴたりと、源九郎の喉元につけられている。隙のない構えで、全身に気勢が満ちていた。切っ先にはそのまま喉元を突いてくるような気配があり、源九郎は身の竦《すく》むような威圧を覚えた。

……できる！

源九郎の全身が粟立った。すでに、寺井との立ち合いを見ていたので、村神が遣い手であることは分かっていたが、切っ先を合わせてみて、あらためてその精妙さを感じ取ったのである。

だが、源九郎は臆さなかった。剣客の本能といっていいかもしれない。相手が強敵であればあるほど奮い立つのである。

ふたりの間合は、四間。

村神が足裏を摺《す》るようにして間合をせばめ始め、一足一刀の間境の手前で寄り身をとめた。絶妙の間積もりだった。一歩踏み込んでも、切っ先がわずかにとどかない間合である。

はたと、ふたりの動きがとまった。気合も発せず、対峙したまま微動だにしない。村神は全身に気勢をみなぎらせ、斬り込む気配を見せて気魄で攻めている。

源九郎も気魄で攻めていた。

息詰まるような気の攻防である。

ふたりは、塑像《そぞう》のように動かない。痺《しび》れるような緊張と時のとまったような静寂がふたりをつつんでいる。

潮合だった。

フッ、と村神の剣尖《けんせん》が沈んだ。

刹那、ほぼ同時にふたりの全身から斬撃の気が疾った。

イヤアッ！

タアッ！

ふたりの気合が静寂を劈《つんざ》き、稲妻のような閃光が疾った。

村神が青眼から真っ向へ。

源九郎は右手へ跳びながら、籠手へ斬り込んだ。

次の瞬間、ふたりは大きく背後に跳び、間合をとった。

源九郎の着物の肩先が裂け、肩肌に血の色が浮いた。一方、村神の右手の甲が裂け、タラタラと血が流れ落ちている。ふたりの切っ先が、相手を浅くとらえたのである。

「お互い、浅かったな」

村神が低い声で言った。その顔がゆがんでいる。

村神の切っ先がかすかに揺れていた。右手の甲の傷で、柄《つか》を握る手に力が入り過ぎているのだ。

「村神、おぬしとの勝負は預けた。この場は引け」

源九郎は、このまままつづければ、自分に利があると踏んだ。悪くても、相打ちであろう。村神は右手の傷で気が昂り、体が力んでいた。気の昂りと力みは体を硬くし、一瞬の反応をにぶくするのだ。

ただ、村神が不利と見て、妹尾と多野川が、青山に斬りかかる気配を見せていた。源九郎が村神との勝負をつづければ、青山の命があやういのである。

「うぬ……」

村神は逡巡《しゅんじゅん》していた。自分が不利な状況であることは察知しているようだが、さりとて、源九郎に後ろを見せて逃げる気にはなれないようだ。

「おぬしとは、このような見物人のいないところで、立ち合いたいものだ」

源九郎がそう言うと、

「よかろう、勝負をあずけよう」

村神は、身を引いて納刀した。

そして、引け！　と声を上げて、反転した。村神の後を追うように、妹尾と多野川も走りだした。

長屋の住人たちは、固唾《かたず》を呑んでことの成り行きを見守っていたが、村神たちが逃げ出したのを見て歓声がおこった。女房たちの安堵《あんど》の声、逃げる村神たちにむけられた罵声《ばせい》、源九郎に対する感嘆の声……。子供たちのなかにははしゃいで、飛びまわる子もいた。まるで自分たちの手で、長屋の敵を追い払ったような喜びようである。

「華町どの、また助けられたな」

青山が、源九郎のそばに来て礼を言った。

「礼なら、わしではなくおふくに言った方がいいのかもしれんぞ」

そう言って、源九郎は刀を鞘に納めた。

青山はきょとんとした顔をした。咄嗟に、源九郎が言った意味が、分からなかったらしい。

第三章　籠　城

一

行灯《あんどん》の明かりが、座敷に集まった男たちの顔を照らし出していた。闇のなかに浮かび上がった顔は陰影が濃く、苦渋の色があった。長屋の狭い座敷に顔を付き合わせていたのは、高野、中条、横溝、それに青山である。横溝の右腕と中条の左肩には、分厚く晒《さらし》が巻かれていたが、着物の下なので見えなかった。

「それにしても、危うかったな」

高野が視線を落としたまま言った。村神たちに襲われたときの様子を、横溝と中条から聞いたのである。

「華町どのが、助太刀に入ってくれなければ、京四郎君のお命はどうなったか、しれませぬ」

中条が無念そうに言った。

「華町どのだが、あれほどの遣い手とは、思ってもみませんでした」

横溝が驚嘆の表情を浮かべた。

「おれは、二度目だ。無頼者たちから娘を助けようとしたとき、華町どのが助勢してくれてな。ことなきを得たのだ」

青山がそのときの様子をかいつまんで話した。

「このような長屋に、あれほど腕の立つ牢人が暮らしていようとは……。やはり、江戸はひろいな」

高野は感心したようにつぶやいた後、

「ところで、若」

と、声をあらためて言った。

「いずれにしろ、村神たちは、若がここにいることをつかみました。明日にも、ここを出て、町宿に身をひそめてくだされ」

「いや、それはできぬ。町宿に、身を隠してもいずれは知れる。主計、かえってここの方が、おれの身は安全かもしれんぞ」

「しかし、村神たちも、次はもっと多勢で若を襲うはずです。かりに、華町どのが助勢してくれたとしても、若のお命は守りきれません」

高野が苦渋の顔で言った。

「そちらは、華町どのが何と呼ばれているか、知っているか」

青山が一同に目をやりながら訊《き》いた。

「何のことです」

「はぐれ長屋の用心棒と呼ばれているそうな。おれも、長屋の者から聞いたのだがな。この長屋には、華町どのと同じような腕の立つ者が他にもいるし、町方の手先のように探索や尾行に長《た》けている者もいるそうだぞ」

「はぐれ長屋の用心棒でございますか」

高野は驚きと戸惑いとがごっちゃになったような顔をした。

「そうだ。華町どのたちは、これまでも大名や大身の旗本の依頼を受け、町方も手が出せないような難事件を解決してきたそうだ」

青山の言い方は大袈裟《おおげさ》だったが、それほど的はずれでもなかった。

源九郎や菅井たちは長屋で起こった事件の他に、無頼牢人に脅された富商を助けたり、勾引《かどわか》された御家人の娘を助けだして礼金をもらったりしていた。それに、大名家の揉《も》め事にも手を貸したこともあった。源九郎たちは、これまで人助けと用心棒をかねたような仕事で余録を得、暮らしの糧にしてきたのである。

「どうであろうな。華町どののたちの手を借りたら」

青山が言った。

「しかし、このような長屋に住む者たちに、若の身を託すことは……」

高野は苦慮するように首をひねった。

「何を言う、華町どのにしても、一見して頼りなげな老人だが、あの村神を打ち負かしたではないか」

「高野さま、華町どのの腕は確かです」

中条が言い添えた。

「それにな、菅井という居合の達人もいるそうだ。その者たちが味方になってくれれば、ここはどこよりも安全な場所かもしれんぞ」

青山が声を強くして言った。

「ですが……」

高野は渋い顔をしている。

「このみすぼらしい長屋こそ、精鋭に守られた天下の堅城かもしれんぞ。おれは、この城に立て籠もって、竹島たちの敵勢を迎え撃つわけだな」

青山が目をかがやかせて言った。どうも、青山にはそれほど危機意識はないらしい。長屋暮らしを楽しもうとしている節《ふし》さえある。

「この長屋が城でございますか」

高野があきれたような顔をした。

「みてくれだけで、決め付けてはいかん。ここは、城だ」

「若が、それほどまでにおおせられるなら、華町どのに話してみましょう」

高野は不安そうだったが、青山に押し切られた格好である。

「われらも、引き続き長屋に残って、若をお守りいたします」

中条が顔をけわしくして言った。横溝もその気らしく、無言でうなずいた。

「ところで、傷はどうだ。刀を遣えるのか」

高野が訊いた。

「はい、横溝も刀をふるえます」

中条と横溝の傷は、命にかかわるような深手ではなかったが、刀をふるえば傷口がひらいて出血する状況であった。ふたりとも、そのことは分かっていたが、いざとなったら、出血も顧みず敵と戦うつもりでいるようだ。

「頼むぞ」

高野が中条と横溝に目をむけて言った。

それから、高野は小半刻（三十分）ほどして、腰を上げた。

翌日、高野はふたたび伝兵衛長屋にあらわれ、中条を連れて源九郎の部屋にむかった。青山の身を守るために、源九郎たちの力を借りようというのだ。

八ツ半（午後三時）ごろだった。風のない穏やかな晴天で、長屋はひっそりしていた。ときおり、子供の泣き声や女房の笑い声などが、聞こえてくるだけである。

いまが、一日のうちで一番長屋が静かな時かもしれない。子供たちは遊びに出たままだし、仕事に出た亭主たちはまだ帰らない。女房たちの多くは、夕餉《ゆうげ》の支度にとりかかる前のいっとき、部屋で横になって休んでいるのだ。

二

源九郎は部屋にいた。古傘の骨を前にして、稼業の傘張りに精をだしている。

そこへ、高野と中条があらわれた。

「これは、これは」

源九郎は、慌てて糊の付いた刷毛《はけ》を脇に置いて襷《たすき》をはずした。

「仕事中、邪魔をしてすまんな」

高野は、肩をすぼめるようにして土間に立った。

「座布団もないが、そこに腰を下ろしてくれ」

源九郎は腰を上げ、上がり框《がまち》の前へ出てきた。座敷に上げたくとも、古傘や油紙などがひろがっていて、三人で座る場所がなかったのである。

「まずもって、青山さまの命を助けていただいた礼をもうさねばならぬ」

高野は源九郎に頭を下げてから、上がり框に腰を下ろした。中条はちいさく頭を下げただけで、高野の脇に膝を折った。

「何用でござるかな」

源九郎は、ふたりが青山たちを助けた礼を言いに来たとは思わなかった。

「実は、華町どのに頼みがあってな」

「頼みというのは」

「華町どのは、薄々感じておられようが、京四郎君は、羽州《うしゅう》、田上藩八万石の若君であられるのだ」

「田上藩の若君か」

源九郎は驚かなかった。青山は大名家の若君かもしれない、との思いがあったのである。

「ご三男であり、これまでは気楽な身であられたが、ここにきて家中に世継ぎをめぐって騒動が起こったのだ。京四郎君は身の危険を感じられ、ひとまず市中に身を隠したのでござる」

高野は苦渋の顔で言った。相手が痩《や》せ牢人とはいえ、家中の恥を晒すようで、話しづらかったのであろう。

高野は、藩主である青山恭安の病状から、次男の康広と三男の京四郎のどちらに家を継がせるかで、藩内が二分して対立していることなどをかいつまんで話した。

「それで、青山どのを襲った村神たち三人は？」

高野の話がとぎれたところで、源九郎が訊いた。

青山が田上藩の若君と聞いても、源九郎は、青山どのと呼んだ。これまでの呼び方を急には変えられなかったのである。それに、青山はいまでも長屋の住人のひとりである。

「竹島派が差し向けた刺客なのだ。竹島派の者は、京四郎君さえ亡き者にしてしまえば、何とでもなるとみて、悪辣な手を使ってきたのだ」

高野は、刺客三人の名を口にした。村神泉十郎、妹尾槙之助《まきのすけ》、多野川重松《しげまつ》。いずれも、迅剛流の遣い手だという。

「迅剛流は、国許に伝わる剣とか」

源九郎は、村神から聞いて気になっていたのだ。

「さよう、享保《きょうほう》のころ、田上領内の村神喜十郎《きじゅうろう》なる郷士が武者修行で諸国を旅し、精妙を得てひらいた流派と聞いております」

特異な刀法ではないが、迅《はや》さと剛剣を本領とすることから迅剛流と名付け、後継者は代々村神姓を名乗っているという。

「妹尾と多野川も、迅剛流一門の者か」

「さよう、領内に道場があり、そこで迅剛流を身につけた者たちでござる」

高野によると、村神が道場主で妹尾と多野川は高弟だという。三人とも藩士だが、三十石ほどの軽格だそうである。

「おそらく、竹島に腕を見込まれ、国許から呼び寄せられたのでござろう。将来、藩の剣術指南役にとりたてる約定でもあるのかもしれん」

高野が苦々しい顔で言った。

「ところで、中条どのと横溝どのも迅剛流を遣われるのか」

源九郎は、五人が戦っているときそれぞれの剣を見ていたが、中条と横溝は村神たちと構えがちがっていたのだ。

「それがしは直心影流《じきしんかげりゅう》で、横溝は一刀流を遣います」

中条は、自分と横溝は若いころから江戸へ出ていたこともあって、江戸の道場で剣を身につけたと話した。

「なるほど」

中条と横溝は、江戸で修行したので迅剛流ではないのだろう。

「それで、わしに頼みというのは」

源九郎は、まだ肝心なことを聞いていなかったのだ。

「京四郎君の命を守ってはいただけまいか」

高野が源九郎を見すえて言った。

「わ、わし、ひとりでか」

とても無理だ、と源九郎は思った。聞けば、八万石の藩を二分するような騒動だという。長屋に住む痩せ牢人ひとりに、何ができるというのか。

「いや、おぬし、ひとりではござらぬ。聞くところによれば、当長屋には腕の立つ御仁《ごじん》が何人かおられ、これまでも大名家や旗本の騒動などに力を貸してきたと聞いているが」

「そのようなことは」

だれに聞いたか知らないが、すこし買いかぶり過ぎているようだ。

「いかがで、ござろう。それなりの礼はいたすが……」

「うむ……」

相手が、大名の若君ともなれば、謝礼もすくなくはないだろう。ちかごろ、ふところが寂しかったので、できれば引き受けたいが……。

「それで、村神たち三人の刺客から青山どのを守ればいいのか」

源九郎が訊いた。

「いや、三人とはかぎらぬ」

高野によると、江戸藩邸内は江戸家老の竹島がおり、さらに後見人の座を狙っている紀直が存府していることから、竹島派の勢力が強いという。

若い家臣のなかにも竹島派に与《くみ》している者がすくなからずいて、村神たちと呼応して実力行使に出てもおかしくない状況だそうである。そうしたこともあって、京四郎の命を狙っているのは、村神たち三人とは限らないという。

「むずかしいな」

源九郎は渋った。田上藩を二分するような騒動のなかで、源九郎たちの力など高が知れているだろう。とても、青山を守れる自信はなかった。

源九郎が難しい顔をしていると、

「むろん、われらも京四郎君をお守りいたします」

と、中条が言い添えた。

「それで、いつまで、青山どのの身を守ればいいのだ」

源九郎にしろ菅井にしろ、いつまでも青山の身辺警固をつづけることはできない。それに状況によっては、長屋の住人を巻き込んでの斬り合いにもなりかねないだろう。

「はっきりしたことは、分からぬが、そう長い間ではござらん」

高野によると、ちかいうちに国許の国家老、吉松重右衛門以下主だった重臣の連判状を持った次席家老の栗林大膳《くりばやしだいぜん》が出府し、藩主の恭安に、病弱の康広に家を継がせれば、後継人の紀直に藩を乗っ取られることを訴えるという。

「藩主の伊勢守さまは、その話を聞くのかな」

源九郎が訊いた。

「連判状には、国家老の吉松さまほか田上藩の主だった重臣たちが、名を連ねているそうなのだ。みな、世継ぎをだれにするかではなく、紀直さまに田上藩を乗っ取られることを危惧しておられる。連判状の添え状には、われらの願いが聞き入れられなければ、一同腹を切る覚悟である、とまで記されているそうだ。……殿にも、それだけの重臣に背をむけられれば、藩の仕置が立ち行かなくなることは分かっておられる。それゆえ、殿も翻意していただけるものと確信しているのだ」

高野が苦渋の顔で言った。藩内の確執を他言したくないのであろう。

「うむ……」

そう簡単にはいくまい、と源九郎は思った。

確かに連判状と添え状の訴えは、藩主の心を揺るがすだろう。だが、藩主の恭安が国許にいる重臣たちの訴えを素直に聞くとは思えなかったし、恭安のそばにいる紀直や竹島が手をこまぬいて見ているはずはない。吉松派に対する誹謗《ひぼう》中傷はもとより、恭安に直接讒訴《ざんそ》することもあるだろう。そうなれば、身近にいて常に恭安に訴えられる竹島派の方が有利ではないか。

「実は、華町どの、竹島と紀直さまは江戸の重臣を籠絡《ろうらく》するため、多額の賄賂《まいない》を使っているのだ。その金がどこから出たか、いま、われらが探っていてな。それが、はっきりすれば、殿も竹島や紀直さまの陰謀に気付かれるはずなのだ」

高野がそう言うと、脇に座していた中条が、

「高野さまは大目付として、以前からひそかに竹島の身辺を探られていたのです」

と、言い添えた。

中条によると、田上藩の大目付はふたりで、国許と江戸にひとりずついて家臣の監察糾弾にあたっているという。

なお、中条と横溝も高野の配下の下目付だそうである。現在、江戸藩邸内の吉松派は高野を中心とする目付筋の者たちが多いという。

「そうしたこともあって、竹島たちは京四郎君の命を奪ってでも、康広さまに家督を継がせ、藩の実権を握りたいと画策しているのです」

中条の顔に憎悪の色が浮いた。

「そういうことか」

源九郎は、しばらくの間なら長屋にいる青山の身を守るために、村神や竹島派の刺客と戦ってもよいと思った。ただし、菅井や他の仲間が承知すればの話であ

る。

「わしには、何人か仲間がいてな。返事は、その者たちの考えを聞いてからになるが……」

源九郎は語尾を濁した。

「なにぶん、よろしく頼む」

そう言って、高野はふところから袱紗《ふくさ》包みを取り出し、

「これは、手付金ではござらぬ。過日、京四郎君を助けていただいた華町どのへの礼でござる」

高野は、承知をしていただければ、礼はあらためていたしましょう、と小声で言い添えた。

「いただいておく」

源九郎は袱紗包みに手を伸ばした。切り餅がふたつ。五十両あるらしい。

三

はぐれ長屋の近くに、縄暖簾《なわのれん》を出した亀楽《きらく》という小体《こてい》な飲み屋があった。あるじの名は元造《もとぞう》。還暦にちかい小柄な男で、お峰《みね》という通いの婆さんとふたりだけ

でやっている。

源九郎たちは、亀楽の常連だった。長屋に近いこともあったが、なにより酒が安かったし、源九郎たちのわがままを聞いてくれたからである。

この日、源九郎は元造に頼み、店を貸し切りにしてもらった。長屋の仲間に集まってもらい、高野からの依頼を話すつもりだったのだ。そのさい、客がいたのでは話しづらかったので、元造にいくらか包み、無理を聞いてもらったのである。

店の飯台をかこみ、腰掛け代わりの空き樽に四人の男が腰を下ろしていた。源九郎、菅井、孫六、それに茂次である。

「三太郎《さんたろう》は、まだか」

菅井が、手酌で猪口《ちょく》に酒をつぎながら茂次に訊いた。

「おっつけ来ると思いやすぜ、三太郎のやつ、めずらしく増上寺まで出かけていやしてね。帰ってきたら、すぐここへ来るように、おせつさんに言っておきやした」

茂次が、脇に腰を下ろしている孫六の猪口に酒をついでやりながら言った。

三太郎も長屋の住人で、源九郎たちといっしょに依頼された仕事をしてきた仲間である。

三太郎の稼業は砂絵描きだった。砂絵描きというのは、人通りの多い寺社の門前や広小路などで、染め粉で染めた砂を使い、掃き清めた地面に絵を描いて見せ、銭をもらう大道芸である。

三太郎も生来の怠け者で気が向かなければ、仕事に出かけなかったが、今日は増上寺まで遠出したらしい。なお、おせつは三太郎の女房で、まだ所帯を持って間もなく、ふたりの間に子はいなかった。

そんな話をしているところに、三太郎が顔を出した。

「遅れちまいやした。今日は、増上寺まで行ってたもので……」

三太郎は首をすくめながら、茂次の脇にあった空き樽に腰を下ろした。面長で、顎が妙に張っている。顔色に生気がなく、青瓢箪《あおびようたん》のような面貌《おもて》である。

「まァ、一杯やってくれ」

茂次が銚子を取って、三太郎の猪口に酒をついだ。

源九郎は三太郎が猪口の酒を飲み干したのを見てから、

「みんなに話があって、集まってもらったのだ」

と、切り出した。

「華町の旦那、青山さまのことですかい」

孫六が、赤い顔をして訊いた。孫六は酒に目がなく、手酌でだいぶ飲んでいたのである。

「まァ、そうだ」

源九郎は、まず、青山が田上藩の若君であることを話した。

「あっしの睨んだとおりですぜ。端《はな》から、あのお方はお大名の若さまにちげえねえとみてたんだ」

孫六が目をひからせて言った。

「どうやら、青山どのには、長屋に身を隠さなければならない事情があるようだ」

「事情と言いやすと」

孫六が訊いた。

「田上藩の家中に、世継ぎをめぐる騒動があるらしい」

源九郎は、高野から聞いたことをかいつまんで話した。吉松派と竹島派のことや、刺客である村神たち三人の名も伝えた。

「それで、村神たちが青山さまの命を狙って、長屋にまで押しかけてきやがったんだな」

孫六が言うと、茂次と三太郎もうなずいた。ふたりは長屋の噂を聞いて、青山たちが長屋で襲われたことを知っていたのである。

菅井だけは、陰気な顔をしたまま猪口をかたむけている。

「高野どのの話では、いまもって、村神たちは青山どのの命を狙っているらしい」

「それで、あっしらへの頼みは」

茂次が訊いた。

「長屋にいる青山どのの身を、竹島派の刺客から守ることだ」

「あっしらが、村神たちとやり合うんですかい」

孫六の顔がこわばった。猪口を手にした手が、口先でとまっている。茂次と三太郎の顔にも、戸惑うような表情があった。剣の遣い手である村神たちと、やり合う柄ではないと思っているのだろう。

「むろん、斬り合うのは、わしと菅井、それに中条どのたちということになろうな」

孫六、茂次、三太郎の三人は、斬り合いのときの戦力にはならないだろう。

「それじゃァ、あっしらは何をやりゃァいいんで」

茂次が訊いた。

「長屋を見張ったり、竹島派の動きを探ったり、まァ、そんなところだな」

源九郎は、孫六たちにも頼みたいことがあったが、その前に高野の依頼を引き受けるかどうかである。

「そんなら、あっしらにも、できねえこたァねえ」

そう言って、孫六が口の前にとめた猪口を口に運んでかたむけた。

「どうだな、引き受けるかな」

源九郎は、ふところから袱紗包みを取り出し、ゆっくりと飯台の上でひろげた。

切り餅はふたつ。五十両、そのまま持ってきたのだ。

「ご、五十両！」

孫六が目を剝《む》いた。茂次と三太郎も、目を見張っている。長屋の住人にとって、五十両は滅多に拝めない大金である。

ただ、菅井だけは相変わらず、無表情で猪口をかたむけていた。

「この金は、挨拶代わりとのことだ。引き受ければ、あらためて百両は出すだろう。なにせ、八万石の大名の若君の身を守るのだからな」

源九郎は、青山を助けた礼とは言わなかった。そう言えば、源九郎以外の者は手にできなくなるからだ。

「とりあえず、五人で五両ずつ分けてな、残りの二十五両は、長屋の者たちに配ろうと思っているのだ。いまも、青山どのは長屋にいるので、いつ、長屋のみんなに迷惑がかかるかしれんからな」

これまでも、源九郎たちは依頼の金を五人で等分に分けてきたし、長屋の住人にかかわるような場合は、相応に金を分配していた。ただ、長屋が戦いの場になるようなことは、口にしないつもりだった。住人が不安になるからである。

「どうするな」

源九郎は切り餅を前にして訊いた。

「や、やる！」

孫六が声を上げると、茂次と三太郎も、やる、と口をそろえた。

「菅井はどうする」

源九郎は菅井に目をやった。

「むろんやる」

菅井が渋みのある声で言った。

「決まりだな」

源九郎は飯台の上で切り餅の紙を破り、包んであった一分銀を分け始めた。

四

「茂次さん、あれが、田上藩のお屋敷のようですよ」

三太郎が、通りの右手にある長屋門を指差して言った。大名の表門らしい豪壮な造りである。

三太郎と茂次は、愛宕下の大名小路に来ていた。源九郎に、田上藩の内情を探ってくれ、と頼まれたのだ。

源九郎は、高野の話に誇張や虚飾がないかどうか確かめておきたかったようである。それに、村神たち三人の他に青山の命を狙っている者がいるなら、その者たちもつかんでおきたいらしい。

「どうする、ふたりで雁首をそろえて探ることもねえが」

茂次は、別々の方が話を訊きやすいと思ったのである。

「別れますか」

「この先に増上寺の御成門がある。そこで、七ツ半（午後五時）ごろ会うことにしようじゃァねえか」

いま、九ツ半（午後一時）ごろだった。七ツ半まで、二刻（四時間）ほどある。

「承知しやした」

そう言って、三太郎は茂次と別れた。

さて、どうしようか、と三太郎は思った。こうした探索は、孫六や茂次ほど巧みではなかった。だれに話を訊けば、うまく田上藩の内情が訊き出せるのか、三太郎には分からなかったのである。

……ともかく、話の訊けそうな店に寄ってみるか。

藩の内紛を探るとなると、屋敷から出てくる藩士に直接訊くことはできない。屋敷に奉公している中間《ちゅうげん》にでも訊こうかと思ったが、だれが田上藩に奉公している中間なのか分からなかったのだ。

大名小路沿いは、その名のとおり大名の上屋敷や中屋敷が並び、話の訊けそうな店などなかった。

三太郎は増上寺の表門の方へまわってみた。表門の近くで、三太郎は砂絵描きの大道芸を見せていたので、門前通りのことはよく知っていた。参詣客相手の茶店、料理屋、そば屋などが建ち並んでいる。

……信濃屋《しなのや》に行ってみるか。

信濃屋はそば屋だった。三太郎は、増上寺の門前で砂絵描きをした後、信濃屋でそばを食うことがあった。ときおり、店内の客のなかに中間らしい仕着せの看板を着た男がいたのを思い出したのである。

信濃屋はいつもより空いていた。追い込みの板敷きの間で、五、六人の客がそばをたぐっているだけで、中間らしい男の姿はなかった。

「あら、三太郎さん、いらっしゃい」

声をかけたのは、おはるという信濃屋の小女だった。歳は十六、七。ふっくらした頬で富士額をしていた。赤い片襷がよく似合う娘である。三太郎は、何度か信濃屋に来たことがあるので、おはるとは顔馴染みであった。

「そうだ、おはるちゃんに訊いてみよう」

三太郎は、おはるに訊くのが手っ取り早いと思った。

「なにを訊きたいの」

「この店に、大名屋敷に奉公している中間も来るだろう」

「来るけど」

おはるの顔に不審そうな色が浮いた。思いもしなかったことを、突然三太郎が訊いたからであろう。

「おれの知り合いの男が、大名屋敷に奉公に来てるはずなんだが、ちかごろ姿を見かけなくなっちまってね。知っている人がいたら、様子を訊いてみようと思ったんだ」

三太郎は、適当な作り話をした。

「どこのお大名なの。愛宕下には、お大名のお屋敷が多いから、何様なのか分からないとどうにもならないわよ」

「そいつ、田上藩のお屋敷に奉公してたんだ」

「田上藩ねえ」

おはるは首をひねった。田上藩のことは知らないらしい。

「田上藩に奉公してる中間を知らないかな」

「そうねえ」

おはるは、記憶をたどるように首をひねっている。幸い、いまは暇らしいので、おはるが三太郎と話していても、咎《とが》める者はいなかった。

「繁吉《しげきち》さんが、田上藩だったかしら」

やっと思い付いたらしく、おはるが三太郎に目をむけて言った。

「繁吉さんというと」

「ときどき、店にお酒を飲みに来るのよ」

「どんな男だい」

三太郎も顔を見たことがあるかもしれないが、どの男か思い出せなかった。

「ほら、赤ら顔で、頰に黒子《ほくろ》があるひと」

どういうわけか、おはるが口元に笑いを浮かべて言った。

「あの男か」

思い出した。大柄で額が妙にひろく、頰に小豆粒ほどの黒子のある男だった。

顔を思い出して、おはるが笑みを浮かべたわけも分かった。繁吉はおしゃべりに夢中になると、目を剝き、口をとがらせて話し出す。その顔が、ひょっとこに似ていた。おはるは、その剽《ひょう》げた顔を思い浮かべたのであろう。

「繁吉さん、店に来るかもしれないから、すこし待ったら」

そう言い残して、おはるは三太郎のそばから離れた。

五

三太郎はおはるに酒を頼み、チビチビやりながら繁吉が来るのを待っていた。

一刻（二時間）ちかくも待ったろうか。やっと、繁吉が同じ中間仲間らしい小柄な男と連れ立って、店に入ってきた。

ふたりは、追い込みの板敷の間の隅に腰を下ろすと、大声でおはるを呼んだ。おはるが慌てた様子で、ふたりのそばに注文を訊きにいった。注文を訊き終えると、おはるが三太郎のことを話したらしく、繁吉と小柄な男が三太郎に訝《いぶか》しそうな目をむけた。

三太郎は立ち上がり、愛想笑いを浮かべながら繁吉と小柄な男のそばに近寄った。

「おめえ、砂絵描きじゃァねえのか」

繁吉が急に声を大きくした。増上寺の門前で、三太郎の顔を見かけたのだろう。

「はい、砂絵描きの三太郎です」

三太郎は、首をすくめながら言った。

「それで、砂絵描きが、おれたちに何の用だい」

　繁吉がつっけんどんに言った。

「ちょいと、訊きたいことがありましてね」

　三太郎は腰を低くしてそう言うと、ふたりに酒を追加するよう、おはるに頼んだ。袖の下のつもりである。

「何が訊きてえんだい」

　繁吉のこわばった顔が、すこしやわらいだ。三太郎の奢《おご》りの酒が利いたらしい。

「あっしが、むかし世話になった伝吉《でんきち》ってえやつが、田上藩に奉公してましてね。ちかごろ、姿を見かけねえんで、どうしているかと思ったもので」

　三太郎は、適当な作り話をした。

「伝吉だと、知らねえぞ、そんな男は」

　繁吉が、脇に腰を下ろしている男に目をやった。

「そんなやつは、お屋敷にいねえよ」

　男が首を横に振った。

「あれ、田上藩じゃァなかったかな。たしか、愛宕下にお屋敷があると言ってたんだが」

三太郎はとぼけた。端から、伝吉などという男はいないのである。

「おめえ、愛宕下には、お大名の屋敷がわんさとあるんだぜ。おおかた、別のお屋敷だろうよ」

繁吉が興醒《きょうざ》めしたような顔をした。

「そうかもしれやせん。まァ、一杯」

三太郎は、おはるが運んできた銚子でふたりの猪口に酒をついでやりながら、

「ところで、田上藩もいろいろあるようだし、ふたりも大変ですねえ」

と、意味ありそうな目をむけた。

「な、何が、大変なんだ」

繁吉が声をつまらせて訊いた。

「聞いてますよ、田上藩のこと」

三太郎は、急に声をひそめた。

「何を聞いてる？」

「お世継ぎのことで、いろいろ揉めてるって話じゃァないですか」

「おめえ、よく知ってるな」

繁吉が不審そうな目を三太郎にむけた。

「ちょいと、耳に挟んだだけですよ。そのこともあって、伝吉のことが気になっていたんでさァ」

「なに、てえしたことじゃァねえ。中間奉公してるおれたちには、何のかかわりもねえからな」

繁吉がそう言うと、小柄な男が、

「ああ、お偉方が勝手にやってることだ」

そう言って、うんざりしたような顔をした。

ふたりによると、藩邸内では表立って家臣同士で争っている様子は見られないという。ただ、重臣や一部の若い家臣の間では争いがあるらしく、何度か激昂している場面も目にしたそうだ。

「あっしが聞いたところじゃァ、三男が次男をさしおいて、家を継ぐって話じゃァないですか」

三太郎は、源九郎から聞いたことを口にした。

「それがな、次男の康広さまは病気がちでな。家を継ぐのは、無理なのよ。そこで、叔父にあたる方が、後見人ってことで入るらしいが、そんなことをすりゃァ、家中はよけい揉めるぜ」

繁吉は叔父の名を言わなかったが、紀直であろう。繁吉も、他人に紀直の名を出すのはひかえたようだ。

繁吉によると、その叔父は藩主が病気で臥《ふ》せっているのをいいことに、まるで自分が藩主でもあるかのような顔をして屋敷に姿をみせるという。どうやら、繁吉たちも紀直を嫌っているようだ。

「へえ、そうですか」

それから、小半刻（三十分）ほど、三太郎はふたりに酒を勧めながら、藩邸内のことを訊いたが、ほとんど源九郎から聞いていたことばかりだった。

ただ、繁吉が妙にしんみりした声で、

「京四郎さまはすこしずぼらだが、いいお方のようだ」

と言ったのが印象的で、そのことから、青山が中間のような身分の低い者にも、好かれていることが知れた。

信濃屋を出ると、陽は西の家並の向こうに沈みかけていた。七ツ半（午後五時）を過ぎているかもしれない。三太郎は、いそいで御成門へむかった。

すでに、茂次は門の前で待っていた。

「すまねえ、遅れちまって」

三太郎は茂次に走り寄り、息をはずませて言った。

「おれも、いま来たところよ」

そう言って、茂次は歩きだした。これから東海道へ出て、日本橋、両国と歩いて本所へ帰るのである。

「何か知れたかい」

歩きながら茂次が訊いた。

「華町の旦那から、聞いていたことばかりで」

三太郎は、信濃屋で繁吉と連れの男から聞いたことを茂次に話した。

「よく、聞き込んだな。これで、高野さまが華町の旦那に話したことに嘘はなかったと分かったじゃァねえか」

「それで、茂次さんの方はどうです」

「おれの方も似たようなものだな」

茂次によると、愛宕山の西にあたる車坂町に、田上藩の屋敷に出入りする植木屋があると聞いて出かけたという。

「植政《うえまさ》ってえ植木屋でな。運よく清七《せいしち》ってえ親方がいて、話を聞くことができたのよ」

清七は、持病の腰痛が出たとかで、ここ数日仕事には行かず、若い者にまかせて家で養生していたという。

「小半刻（三十分）ほどしか、話につき合っちゃくれなかったが、だいぶ様子は知れたぜ」

世継ぎにかかわる家中の対立は源九郎から聞いていたが、他にも知れたことがあるという。

一昨年、田上藩は上屋敷内の御殿を大幅に改築し、中庭も奇岩を配置したり植木を増やしたりして造りなおしたそうである。そのさい、植政も植木屋として屋敷に入り、中庭の造園にたずさわった。そんなこともあって、清七は、御殿の改築や造園をめぐって不正な金が竹島や紀直に流れたとの噂を耳にしたという。

「清七も、噂を耳にしただけで、くわしいことは知らないようだがな。……ただ、そのことも、藩内の騒動の原因になっていることはまちげえねえ」

茂次が歩きながら言った。

「揉めてるのは、世継ぎだけじゃァないってことですね」

「高野さまたちも、そのことを知っていて探ってるようだぜ。華町の旦那も、それらしいことを口にしてたからな」

茂次は、そう言って足を速めた。

すでに、陽は沈み、日本橋の表通りの大店《おおだな》は店仕舞いして大戸をしめていた。人影もめっきりすくなくなり、軒下や物陰には淡い夕闇が忍び寄っていた。

六

おふくは戸口から出ると、すぐに斜向《はす》かいの腰高障子に目をやった。そこは、青山の部屋である。

おふくは、青山のことが気になってしかたがなかったが、ちかごろ話をする機会はなかった。青山は部屋にこもっていることが多く、しかも部屋には中条や横溝がいっしょにいて、青山がひとりになることがほとんどなかったのだ。

……京四郎さまは、どうしているかしら。

いまも、斜向かいの腰高障子はしまったままだった。

おふくは、手桶を持って歩きだした。気にはなったが、いつまでも、戸口に立っているわけにもいかなかったのである。おふくは、井戸端にむかった。手桶に水を汲んでくるつもりだった。

明け六ッ（午前六時）ごろだった。東の空が茜色《あかねいろ》に染まり、長屋の柿葺《こけらぶ》きの屋根にも朝の淡いひかりが射していた。まだ、軒下や物陰には薄闇が残っていたが、家屋や樹木がその輪郭と色彩を取り戻し始めている。

長屋は騒々しかった。朝餉の支度をしている家が多いらしく、どの家からも人声や水を使う音などが聞こえてきた。遠方だが、朝の早い豆腐売りの声も聞こえてくる。

井戸端に、おせんとおみねがいた。やはり、水汲みに来たようだが、まだ提げた手桶は空である。井戸端で顔を合わせ、おしゃべりの花を咲かせていたらしい。

ふたりはおふくの顔を見ると、すぐに近寄ってきた。魚でも見つけた猫のような目をしている。

「ねえ、おふくちゃん、聞いた？」

おせんが、声をひそめて言った。

「何のこと」

「長屋に越してきた若さまのことよ。長屋の者に世話になるからといって、一朱ずつも配ったそうよ」

青山がくばったのではなかった。源九郎たち五人が手分けし、青山さまからだ、と言って配ったのである。

「おっかさんに、聞いてるわよ」

おふくも、母親のおしげから聞いていた。

おしげも、やっぱりお大名の若さまだけあって、やることがちがう、と言って感心するやら、同じ長屋に住んでいて何か落ち度があって咎められるようなことはないかと心配するやら、複雑な顔で一朱銀を握りしめていたのだ。

「やっぱり、若さまはちがうわねえ」

おせんが感心したように言ったとき、ふいに、脇にいたおみねが硬直したように身を硬くし、目を剝いた。

「き、来たわよ！」

おみねが声を震わせて言った。

「何が来たのよ」

「わ、若さま……」

「えっ！」

と声を上げて、おせんがおみねの視線の先に顔を向けた。

すぐに、おふくも振り返った。

青山だった。下駄履きで、小桶を手にしていた。何か楽しげに長屋の家々に目をやりながら、こちらへ歩いてくる。

「ど、どうしよう」

おふくは、声をつまらせて言った。

「わ、若さま、顔を洗いに来たのかもしれないよ」

おせんが声をひそめて言った。

「若さまも、顔を洗うんだ」

と、おみね。

「当たり前でしょう」

三人の娘がそんなやり取りをしているところに、青山が近付いてきた。にこにこしている。

「やァ、おふくどの」

青山が声をかけた。快活な声である。

三人の娘はすぐに返事ができず、視線を足元に落として、もじもじしていた。三人とも首筋から頬にかけて赤く染まっている。

「水を汲みに来たのか」

青山は、おふくの提げている手桶を目にして訊いた。

「は、はい……」

「よし、おれが汲んでやろう。その桶を貸せ」

「いいえ、水はわたしが」

おふくは、若さまに水汲みなどさせてはいけないと思ったのである。

「いいから、桶を貸せ」

そう言って、青山はおふくの手桶を取ると、井戸の釣瓶《つるべ》を手にして水を汲み始めた。

おふくをはじめ、三人の娘は顔を染めたまま、その場につっ立ち、青山を後ろから見つめている。

青山は、おふくの手桶に水を汲み終えると、

「これでいいかな」

と言って、桶をおふくに手渡した。

「は、はい……」

「おふくどのには、いつも世話になっておる。おれにも、水汲みぐらいはできる

から、いつでも言ってくれ」

「あ、ありがとうございます」

おふくが慌てて言った。顔が火のように火照《ほて》っている。

「さて、顔を洗うか」

青山は、ふたたび釣瓶を手にし、小桶に水を汲んだ。そして、おふくたちが見ている前で顔を洗い、腰にぶら下げてきた手ぬぐいで勢いよく拭いた。

「そこのふたりも、水を汲みにきたようだが、邪魔をしてはいかんな」

そう言い、おれに、できることがあったら言ってくれ、とおふくに声をかけて、その場から離れていった。

三人の娘は声も出さず、その場に立ったまま青山を見送っていたが、その後ろ姿が長屋の棟の向こうに消えると、

「ああ……、行っちゃった」

おせんが、胸に手をやり身悶《みもだ》えするように体をよじりながら言った。

「おふくどの、おれにも水汲みぐらいはできるから、いつでも言ってくれって……。若さま、わたしの桶にも、水を汲んでたもれ」

おみねが剽げた声で言いながら、地団太踏むように足踏みして下駄を鳴らし

た。

「………」

おふくは、おせんとおみねの冷やかしに乗らなかった。何だか体が熱くなり、胸が妙に息苦しかった。

七

源九郎たち五人は、亀楽に集まっていた。茂次と三太郎が、愛宕下まで出かけた翌日である。今朝方、茂次と三太郎が源九郎の家に報告に来たおり、そういうことなら、菅井と孫六にも集まってもらおう、と源九郎が言い出し、五人で集まることになったのである。

源九郎たちのふところは暖かったし、青山にも変わったことはなかった。昨今の源九郎たちには、集まって飲むだけの余裕があったのだ。

元造とお峰が、源九郎たちの前に酒と肴《さかな》を並べ終えると、

「まず、一杯やってからだ」

源九郎が、銚子を取って脇に腰を下ろした菅井の猪口についでやった。

孫六や茂次も銚子を取って互いにつぎ合い、喉をしめしたところで、

「酔わぬうちに、話してもらうか」

源九郎が、まず茂次に話すよううながした。

「あっしは、田上藩の上屋敷に出入りしている植木屋から話を訊きやした」

と前置きして、茂次が聞き込んだことをかいつまんで話した。

「やはり、屋敷の改築の普請のおりに、不正があったのは事実のようだな。いずれ、高野どのたちがはっきりさせよう」

そう言って、源九郎が高野から聞いたことを一同に話した。

源九郎の話が終わると、

「それじゃァ、あっしから」

つづいて、三太郎が話しだした。

三太郎の聞き込んだことは、源九郎の話を裏付けることが多かったが、

「青山さまは、屋敷に奉公している中間にも好かれてたようですよ」

と言い添えると、源九郎をはじめ孫六たちもうなずいた。源九郎たちも、青山のおおらかさと人のよさに好感を持っていたのである。

「それによ、長屋の娘たちが、大騒ぎしてるぜ」

孫六が赤い顔を飯台の上に突き出すようにして言った。さっきから、酒好きの

孫六は手酌で勝手にやっていたのだ。

「色気付いた娘たちが、若さま、若さま、と言って、尻をおいまわしてまさァ」

そう言い添えてから、孫六はまた飯台の猪口に手を伸ばした。

「青山どのは、意に介さんだろう」

大名屋敷の御殿で、奥女中たちにかしずかれて育った青山なら、娘たちに追いまわされても特別なこととは思わないかもしれない。

「娘たちが、騒いでいるだけならいいが、このままでは済むまいな」

源九郎は、村神をはじめ竹島派の者たちが、かならず青山の命を狙って長屋に姿をあらわすだろうとみていた。

「そのことだがな、気になることがある」

菅井が、低い声でボソッと言った。

「気になるとは」

源九郎が訊いた。孫六、茂次、三太郎の目がいっせいに菅井に集まった。

「昨日《きのう》のことだがな、おれが両国で稼ぎを終えて、昼頃長屋にもどると、長屋の路地木戸のちかくにふたりの武士が立っていたのだ」

菅井は、午前中だけ両国広小路に居合抜きの見世物に出かけていた。通常、陽が沈むまで稼いでいたのだが、青山の身辺を警固するためもあって午後は長屋にもどることにしていたのだ。なお、源九郎は朝から長屋にいて、何かあれば青山の許に駆け付けることになっていた。

また、長屋の住人の何人かに金を渡し、長屋にうろんな者が入ってきたらすぐに報《し》らせるよう手配してあった。さらに、足腰の丈夫な居職《いじょく》の男たちには、もしもの場合は菅井や茂次などに報らせに走ると同時に、長屋の住人に害が及ぶのを避けるために斬り合いの場に女子供を近付けないように頼んであった。

いわば、はぐれ長屋の住人総出で、青山の身を守ろうというのである。そのためもあって、源九郎は長屋の住人に金を渡しておいたのだ。

「どんな武士だ」

源九郎が訊いた。

「羽織袴姿だ。幕臣ではなく、江戸勤番の藩士だな。ただ、ふたりとも剣の腕は立つとみたぞ」

菅井によると、ふたりともがっちりした体軀《たいく》で腰が据わり、剣術の修行で鍛えた体であることは一目で知れたという。

「そのふたりだが、長屋の様子をうかがっていたようなのだ」

菅井がけわしい顔をして言い添えた。

「斥候役《せっこう》かもしれんな」

「これから、長屋を襲うつもりか」

「そうみておいた方がいい」

そう言って、源九郎は銚子を取り、菅井の猪口に酒をついでやった。

それから、源九郎たちは一刻（二時間）ほど、長屋が襲撃されたときどう対応するかや、青山や田上藩の内紛のことなどを話しながら酒を飲んだ。

元造に金を払って戸口から出ると、外は星空だった。頭上で十六夜の月が皓々《こうこう》とかがやいている。

孫六、茂次、三太郎の三人は、先に店を出ていた。三人は、暗がりで身を寄せ合って何やらヒソヒソ話している。

話の内容は聞き取れなかったが、孫六の声と笑いが源九郎の耳にもとどいた。飲んだときはいつもそうなのだが、孫六が、まだ所帯を持ったばかりの茂次と三太郎に、卑猥《ひわい》な話をしてからかっているのだ。

「いい月だ」

菅井が戸口で足をとめて月に目をやった。

月明りの下に、相生町の家並が黒い輪郭だけを見せていた。わずかに、はぐれ長屋の屋根の輪郭も見えている。

「こう見ると、長屋も平穏だがな」

長屋は、ひっそりと夜の帳《とばり》につつまれていた。その長屋には、青山、中条、横溝の三人もいるはずである。

「青山どのは、長屋に籠城しているわけだな」

そう言って、菅井が長屋の方に目を移した。

「貧乏長屋に籠城か」

そうかもしれない、と源九郎は思った。となると、はぐれ長屋は城ということになり、源九郎たち住人は、城に立て籠もった主君を守る家臣ということになる。

「それで、この合戦はいつまでつづくのだ」

菅井が訊いた。

「勝負がつくのは、国許から援軍が来て、青山どのが本来の城である藩邸にもどったときか、それとも奇襲で敵の大将の喉元に切っ先を突き付けたときかな」

「国許からの援軍とは？」

菅井が源九郎に顔をむけた。

「連判状を持った吉松派の次席家老、栗林の出府だな」

「奇襲で、切っ先を敵の大将の喉元に突き付けるとは？」

「高野どのが大目付として竹島や紀直の不正を暴く証を手にし、竹島派の追及を始めることだ」

「それまで、青山どのの身を、われらで守るわけか」

「いまは、若さまも長屋の住人だからな」

源九郎は、自分自身にも言い聞かせるようにつぶやいた。

第四章　長屋襲撃

一

おふくは、足早に竪川沿いの道を歩いていた。久乃屋の勤めを終えて、長屋へ帰るところである。暮れ六ツ（午後六時）を過ぎたばかりだが、竪川沿いの表店《おもてだな》は、ほとんど店仕舞いしていた。

曇天のせいらしい。空は厚い雲におおわれ、いまにも雨が降ってきそうな空模様だった。竪川沿いの道筋はいつもより薄暗く、行き交う人影もまばらである。

おふくは、母親のおしげに、久乃屋からの帰りに、田村屋《たむらや》で煮染《にしめ》を買ってくるよう頼まれていた。田村屋は帰りの道筋にある煮染屋である。田村屋は暮れ六ツが過ぎても、店をひらいていたので慌てることはなかったが、雨の降りそうな雲行きのせいもあって、おふくは気が急《せ》いていたのである。

　おふくは、焼豆腐の煮染をふだんより多く買い、久乃屋から借りてきた丼に入れてもらった。店の親爺《おやじ》さんに銭を渡していると、

「あら、おふくちゃん」

と、背後から声をかけられた。

おせんである。おせんも団子屋の勤めを終えて長屋に帰るところらしい。

「煮染を買ったの？」

おせんは、おふくの手にした丼に目をやって訊《き》いた。

「おっかさんに、頼まれたの」

「三人分にしては、多いわねえ」

おせんが、上目遣いにおふくを見ながら言った。

「そ、そう……。おとっつァんが、煮染が好きだから」

おふくの声がつまり、顔が赤くなった。おふくは、すこし余分に買って、機会を見て青山にとどけようと思っていたのだ。そうした胸の内を、おせんに見透かされたような気がしたのである。

「若さまも、煮染を食べるかしら」

おせんが、歩きながら小声で言った。

「煮染のような下々の菜《さい》は、口に合わないんじゃァないかしら」

おふくは、青山に煮染をとどけたとき、旨《うま》い、と言って喜んで食べたことを知っていたが、他人ごとのような顔をして言った。

「でも、若さまの暮らしぶりだけど、あたしたちとあまり変わらないみたいね。井戸端に顔を洗いに来たし、着ている物も華町の旦那や菅井の旦那と変わらないもの」

おせんが小声で言った。

「ほんと、若さまらしくないんだから」

思わず、おふくの顔から笑みがこぼれた。青山の着古した小袖やよれよれの袴姿を思い出したとき、何だか青山が急に身近に感じられて嬉しくなったのである。

「でも、お顔はちがうわ。若さまらしい気品が、溢れているじゃァない。それに言葉遣いよ、おふくどのには、いつも世話になっておる、なあんてさ。長屋の男なら、そんな言い方はしないわよ」

「そうね」

おふくも、青山の言葉遣いは長屋の者たちとちがっていると思った。

「ああ、あたしも、言われてみたい。おせんどの、もっと近《ちこ》う寄れ、なァんてさ」

おせんは両手を胸の上に組んで、身悶《みもだ》えするように身をよじった。

そんなやり取りをしているうちに、ふたりは竪川沿いの通りから長屋へつづく路地へきていた。この時間なら、いつもはひらいている店もあるのだが、どの店も表戸をしめていた。いまにも降ってきそうな空模様のせいらしい。人影もほとんどなかった。路地は夕闇につつまれ、ひっそりとしている。

そのとき、前方からやってくるふたりの武士の姿が目にとまった。供連れではなく、ふたりとも羽織袴姿で二刀を帯びている。

おふくとおせんは路地の端に身を寄せ、ふたりの武士をやり過ごそうとした。

「娘ご、伝兵衛長屋の者かな」

大柄な武士が、おふくたちの前に来て訊いた。おだやかな物言いである。

もうひとり、長身の武士も足をとめて、おふくたちに目をむけた。ふたりとも初めて見る顔である。

「は、はい」

おふくが、顔を伏せたまま小声で答えた。

「つかぬことを訊くが、伝兵衛長屋に青山さまというお方が、お住まいだと聞いてきたのだがな」

「……！」

おふくの顔がこわばった。青山たちが三人の武士に襲われたことを知っていたし、長屋の住人たちが、青山の命を狙っている者たちがいるらしい、と噂していたのを聞いていたのだ。

このとき、おふくは、ふたりの武士が、青山さまのお命を狙っているのかもしれないと思ったのである。

「案ずることはない。われらは、青山さまの味方でな。大事な用件を青山さまにお伝えするために、お屋敷から参った者なのだ。この辺りに、身を隠しておられると聞いてきたのだが、どこにおられるか分からんのだ」

大柄な武士が、口元に笑みを浮かべて言った。目が細く、頬のふっくらした温和そうな顔をしている。

「青山さまは、伝兵衛長屋にお住まいです」

ふいに、おせんが言った。大柄な男の言を信じたらしい。

「おられるか。それは、よかった。……で、いまも中条どのと横溝どのは、青山さまとごいっしょかな」

大柄な武士が訊いた。

「は、はい、おふたりも同じ部屋におられます」

おせんは、身を硬くしたまま言った。すでに、長屋の住人の多くが、青山と同居しているふたりが、中条と横溝という名であることは知っていたのだ。

「さようか。いや、助かった」

大柄な武士が、脇に立っていた長身の武士を振り返り、どういたそうな、と小声で訊いた。

「今日は、遅いでしょう。明日、出直したらどうです」

長身の武士は表情も動かさず、くぐもった声で言った。

「そうだな」

大柄な武士は、おふくとおせんに、手間を取らせたな、と言い置き、長身の武士とふたりで足早に歩きだした。

「変な人たちね。長屋に寄ればいいのに」

おせんが、ふたりの武士を振り返りながらつぶやいた。

おふくも、変だな、と思った。おせんの言うとおり、伝兵衛長屋はすぐ目の前だった。まだ、暮れ六ツ（午後六時）を過ぎたばかりである。大事な用があって訪ねてきたのなら、青山に会って用件を伝えることはできるだろう。

「おふくちゃん、行こう」

おせんは、不審を振り払うように足を速めた。

おふくもおせんに跟《つ》いて歩きだしたが、木戸門の前まで来たとき、気になって後ろを振り返って見た。

……他にもいたんだわ！

おふくは、路地の先に数人の武士がいることに気付いた。

遠方ではっきりしなかったが、五人いる。おふくたちに青山のことを訊いたふたりの武士が、三人の武士に何やら話しているように見えた。

……あの人たち、青山さまのお命を狙っているのかもしれない。

おふくの胸に、強い不安が衝き上げてきた。

路地木戸を入ると、すぐ脇に孫六が立っていた。赤ん坊を背負っていた。富助である。富助は眠っているらしく、首が横をむいたまま動かなかった。孫六は富助の子守がてら、長屋の出入り口である路地木戸を見張っていたのである。

二

「おふく、おせん、何かあったのかい。浮かぬ顔をしてるじゃァねえか」

孫六は、ふたりが不安そうな顔をしているのに気付いたのだ。

「そこでね、変なお侍に会ったの」

おふくが言った。

「変な侍だと」

「ええ、ふたりでね、青山さまに大事な用があって来たと言いながら、長屋に寄りもしないで、帰ってしまったの。それに、中条さまや横溝さまのことも訊いたのよ」

おふくがそう言うと、脇に立ったおせんも、そうなの、と言って、不審そうな顔をした。おせんも、ふたりの武士の問いに不自然さを感じたのだろう。

「そいつは、妙だ」

孫六は、すぐに青山の命を狙う村神たちではないかと思った。

「それに、ふたりだけじゃァないのよ。路地の先に、三人もいたの。五人で何か話しているようだったわ」

おふくが眉宇《びう》を寄せて言い添えた。

「そいつら、いまもいるのか」

「いると思うわ」

「ちょいと、見てくるか。なに、心配《しんぺえ》することァねえ。ふたりは、長屋へ帰《けえ》ってくんな」

そう言い残し、孫六はすぐに路地木戸から出た。

……いねえぜ！

路地のなかほどまで出て、通りの先に目をやったが、それらしい人影はなかった。

路地沿いの小店や表長屋は店仕舞いし、人影はほとんどなかった。近くの八百屋の親爺が、店先の漬物樽を運び入れようとしているのと、ぼてふりが天秤棒を肩にして、小走りに遠ざかっていく姿が見えるだけである。

上空は厚い雲におおわれ、路地はどんよりとした薄闇につつまれていた。通りはひっそりとしていた。何か起こりそうな重苦しい静けさである。孫六の胸に不安が込み上げてきた。

孫六は、おふくたちが口にした五人の武士が、近くにひそんでいるような気がした。他の仲間の到着を待っているか、襲撃にふさわしい夕闇が辺りをつつむのを待っているかであろう。

……華町の旦那に知らせねえと。

孫六は路地木戸から走り込んだ。

背中の富助が目を覚ました。孫六の背が揺れたせいらしい。富助は泣かなかったが、ぐずり出した。

「富、ちょいと辛抱しろい。敵が長屋に攻めてきやがったんだ」

孫六は富助の尻をたたきながら走った。

そのとき、源九郎は土間の隅の竈《へっつい》でめしを炊いていた。ふだんは、朝余分に炊いて、昼と夕には冷やめしを食うのだが、今朝は寝坊して炊かなかったのだ。朝と昼は、お熊がとどけてくれた握りめしで済ませていたのである。

……そろそろいいかな。

源九郎は、釜の蓋をとって見た。白い湯気が上がり、グツグツという音が聞こえた。そろそろ、火を焚《た》くのは終りにしてもいいようだ。後は、蓋をして蒸らせばいい。

源九郎が竈の前で腰を伸ばしたとき、戸口に走り寄る足音と赤子のむずかるような声が聞こえた。

ガラリ、と勢いよく障子があき、孫六が顔を出した。

「旦那、大変《てえへん》だ！」

孫六が、声を上げた。

富助が目を丸く剝《む》いて、源九郎を見つめている。ぐずってはいなかった。孫六の声で眠気が払拭《ふっしょく》され、機嫌がなおったようだ。

「どうした、孫六」

「青山さまが、襲われるかもしれねえ」

孫六が、おふくたちから聞いたことを早口で伝えた。

「武士は五人なのか」

源九郎が念を押すように訊いた。

「はっきりしねえが、おふくは五人と言ってやした」

「村神たちだな」

源九郎は、村神たちが青山を斬りに来たのだろうと読んだ。村神は五人いれば、源九郎が邪魔をしても青山を斬れると踏んだのであろう。

「どうしやす」

「迎え撃つ」

源九郎は即断した。それしかなかったのだ。

「孫六、菅井に報らせてくれ。それに、茂次と三太郎にも、青山どののところへ来るように伝えてくれ」

「承知しやした」

言いざま、孫六は戸口から飛び出していった。

……めしを食うのは、後だな。

すぐに、源九郎は竈の前から離れ、刀を腰に差して青山の住む部屋へむかった。

途中、菅井と出会った。孫六から話を聞いて部屋から飛び出してきたらしいが、顔は平静である。

「敵は、五人だそうだな」

菅井が源九郎と肩を並べながら言った。

「そのようだ」

まだ、はっきりしなかった。おふくが遠方にいる人影を見ただけらしいのだ。

「分からん。ともかく、武士が五人ということだけだが、それも確かではない」

「村神はいるのか」

「来れば、分かるということか」

　そんなやり取りをしている間に、源九郎と菅井は青山のいる部屋の前まで来た。

　青山たちは、まだ異変に気付いていないらしく、部屋のなかは静かだった。

　源九郎は腰高障子をあけた。土間の先の座敷に、青山、中条、横溝の三人が座していた。膝先に食膳が置いてあった。夕餉《ゆうげ》の膳らしい。

「おお、華町どのに菅井どの、何用かな」

　青山が箸を手にしたまま快活に訊いた。

「村神たちが来るようだぞ」

　源九郎が小声で言った。

「なに！」

　中条と横溝が腰を浮かせた。ふたりは、すぐに脇に置いてあった刀に手を伸ばした。

「敵は、何人でござる」

　中条が顔をけわしくして訊いた。

「はっきりしないが、五人はいるようだ」

「ふたり加えたな」

この前、長屋を襲ったときは、村神、妹尾、多野川の三人で、いずれも迅剛流一門の者であった。三人では後れを取るとみて、ふたり加えたことになる。

「四人いれば、何とかなろう」

源九郎がそう言ったとき、

「おれも、戦うぞ」

青山が勢いよく立ち上がった。顔が朱を刷《は》き、目がかがやいている。不安や怯《おび》えの色はまったくなかった。目前に迫った村神たちとの戦いに高揚し、張り切っているように見える。

「若！　ここは、われらが」

中条が語気を強めて言い、表には出ないでいただきたい、と念を押した。青山が外に出て敵と斬り合うような展開にでもなれば、中条や源九郎たちは青山に気を取られ、まともに村神たちと戦えなくなるのだ。

三

「旦那、華町の旦那！」

腰高障子の向こうで、茂次の昂《たかぶ》った声がした。つづいて、走り寄るふたりの足音がし、腰高障子の向こうでとまった。

源九郎が腰高障子をあけると、茂次、孫六、三太郎の三人が立っていた。孫六の背に富助の姿はなかった。母親のおみよに渡してきたのだろう。

「茂次、木戸のところで見張って、やつらの姿が見えたら知らせてくれ」

「合点で」

すぐに、茂次が反転して駆けだした。

「孫六と三太郎に、頼みがある」

「何です？」

「長屋をまわって、外へ出るな、と伝えてくれ」

「ようがす」

孫六がきびすを返して走りだそうとするのを、源九郎がとめた。

「それから、念のためだ、腕っ節の強い男たちを集めておいてくれ」

源九郎は、長屋の住人を村神たちと戦わせる気はなかったが、長屋の住人に危害が及ぶような展開になれば、手を借りるつもりだった。それに、働きに出ていた日傭取《ひようと》りや手間賃稼ぎの大工など、腕っ節の強い連中が帰っているはずなのだ。人数がそろえば、戦力になるだろう。

「承知しやした」

すぐに、孫六と三太郎が駆けだした。

「わしらも、支度をするか」

源九郎は刀の下げ緒で両袖を絞り、袴の股だちを取った。

菅井、中条、横溝の三人も戦いの支度を始めた。青山だけが、つまらなそうな顔をして薄暗い座敷のなかほどに座っている。

いっときすると、茂次が駆けもどってきた。

「だ、旦那、来やすぜ！」

茂次が戸口で声を上げた。

「五人か」

「それが、七人いやすぜ」

「なに、七人だと！」

源九郎の顔がこわばった。ふたり多い。

「いずれも武士か」

「へい」

七人とも遣い手とみなければならないだろう。

……青山どのを守りきれぬ！

と、源九郎は思った。

源九郎たち四人で敵勢を相手にしているとき、ひとりでもふたりでも部屋に入られ、青山に斬りつけられたら守りようがない。かといって、四人で部屋の前に立ちふさがっていても、いずれ斬り合いのなかで隙を衝かれ、なかへ入られるだろう。

中条と横溝の顔もこわばっていた。敵勢から青山を守るのは、むずかしいとみたのであろう。

「まともにやったら、青山どのを守れぬぞ」

源九郎が言った。

「若に、逃げていただこうか」

中条が切羽詰まった声を出した。

「いまからでは遅い」

すでに、敵は路地木戸から敷地内に入っているだろう。源九郎は、長屋の住人の手を借りるより他にないと思った。敵が多勢なら、こちらはさらに多勢で応戦するのである。

「茂次、孫六と三太郎に話し、腕っ節の強い連中をできるだけ多く集めて、この部屋を遠巻きにしてくれ。おれが合図を送ったら、石を投げるんだ」

「わ、分かりやした」

茂次が目をつり上げて言った。興奮しているらしい。

「いいか、やつらに近付くなよ。近付けば、斬られるぞ」

源九郎は念を押した。長屋の住人を犠牲にするわけにはいかなかったのである。

「へい」

言いざま、茂次は駆けだした。

「よし、わしら四人で、この戸口を守ろう。ひとりでも、なかに入れたら青山どのは斬られるぞ」

「承知」

中条が眦《まなじり》を決して言った。横溝も気が昂っているらしく、顔が紅潮し、目が殺気立っている。

「華町、来たぞ！」

菅井が目をひからせて言った。

見ると、武士の集団が小走りに迫ってきた。七人いる。

長屋は、いつになく静かだった。嵐の前の静けさである。障子をあけしめする音や赤子の泣き声などが聞こえたが、いつもは長屋中から聞こえてくる亭主のがなり声や女房が子供を叱る声などはまったく聞こえなかった。

長屋中が、息をひそめて外の様子をうかがっているのだ。障子の開閉の音は、茂次たち三人が男を集めているからであろう。

村神たちが姿を見せた。村神、妹尾、多野川が前にたち、背後に四人したがっていた。いずれも屈強の武士で、すでに襷《たすき》で両袖を絞り、袴の股だちを取っていた。路地木戸近くで、戦いの支度をととのえて踏み込んできたのだろう。

戸口の前には、源九郎、菅井、中条、横溝の四人が立った。いずれも、剣客らしいけわしい顔をしている。

村神たち七人は、源九郎たち四人を前にして足をとめた。

「華町、われらは京四郎君をお連れするために来ただけだ。うぬにはかかわりがない。そこをどけ」

村神が源九郎を見すえながら言った。

「そうはいかぬ。青山どのが何者であれ、ここに住んでいる以上、われらと同じ長屋の住人だ。助太刀するのは、当然のこと」

源九郎は、左手を鍔元《つばもと》に添えて鯉口《こいぐち》を切った。このまま村神たちが引き下がるはずはないのである。

「そちらの御仁《ごじん》は」

村神が菅井に訊いた。

「おれか。菅井紋太夫だ。両国広小路で、居合抜きを観せておる」

菅井は細い目で、村神たちを見まわしながら言った。

「うぬも、われらに歯向かう気か」

「おれも長屋の住人だからな」

「ならば、死ぬことになるぞ」

「やってみねば分かるまい」

菅井も左手で鍔元を握り、鯉口を切った。そして、右手を柄《つか》に添え、居合腰に沈めた。抜刀体勢をとったのである。

「やれ!」

言いざま、村神が抜き放った。

他の六人も間合を取って、いっせいに抜いた。七人は戸口を取りかこむように立ち、源九郎たちに切っ先をむけた。淡い夕闇のなかに、七人の刀身が銀蛇のようにひかっている。

……いずれも、遣い手だ。

と、源九郎は思った。あらたにくわわった四人も、それぞれ腰の据わった隙のない構えをしていた。それに、真剣での斬り合いに臆している様子はなかった。

迅剛流とはちがうようだが、腕は立つようだ。

源九郎が抜き、つづいて中条と横溝が抜刀した。菅井だけが、抜刀体勢を取ったままである。

四

源九郎は村神と対峙した。お互い相青眼である。

源九郎の左手に、ずんぐりした体軀《たいく》の武士がひとりまわり込んできた。刀身を倒した低い八相に構えている。腰の据わったどっしりとした構えである。源九郎の動きを見て、斬り込んでくるつもりのようだ。

菅井は源九郎の右手にいた。右手といっても、刀をふるえるだけの間合を取っている。菅井は中背の妹尾と相対していた。妹尾の脇に、長身の武士が青眼に構えていた。ふたりで、菅井に立ち向かうつもりらしい。

腰高障子の前には、中条と横溝が立っていた。ふたりは、ひとりもなかに入れまいとして、戸口に立ちふさがっていたのである。

その中条と横溝の前に、小柄な多野川とふたりの武士がいた。いずれも青眼に構えて、切っ先を中条と横溝にむけている。

源九郎は、青眼に構えた切っ先を村神の目線につけた。対する村神は、切っ先を源九郎の喉元につけていた。以前、立ち合ったときと同じ構えである。

だが、源九郎はこのまま村神と立ち合いたくなかった。

……茂次たちは、まだか。

源九郎は、村神たちの背後に目をやった。向かいの棟のすこし離れた場所に数人の人影があったが、まだ、茂次たちの姿は見えなかった。このまま村神たちと斬り合ったら、青山を守りきれないだけでなく、源九郎たちの命もあやういのだ。

「今日こそ、決着をつけてくれる」

村神は低い声で言い、趾《あしゆび》を這《は》うようにさせて、ジリジリと間合をせばめ始めた。その動きと呼応するように、左手のずんぐりした体軀の武士が間合をつめてきた。この男の構えにも一撃必殺の気魄《きはく》があった。侮れない相手である。源九郎は前方と左手から迫ってくる異様な威圧を感じた。

……このままでは斬られる！

と、源九郎は察知した。

村神だけでも強敵だが、左手の武士も遣い手だった。しかも、ふたりの攻撃の息が合っている。源九郎が下手に動けば、すぐにどちらかの斬撃をあびるだろう。

源九郎は、すこしずつ後じさった。村神と左手の武士が、斬撃の間境に入るのを防ごうとしたのである。

そのとき、ふいに菅井が裂帛《れっぱく》の気合を発し、一歩踏み込みざま抜刀した。ふたりが斬撃の間境に踏み込む前に、菅井から仕かけたのである。

シャッ、という刀身の鞘走る音がひびき、菅井の腰元から稲妻のような閃光《せんこう》が疾《はし》った。次の瞬間、妹尾の体がのけ反った。肩口から胸にかけて着物が裂けている。菅井の抜きつけの一刀が、妹尾をとらえたのである。

妹尾は低い呻《うめ》き声を上げて、後ろへよろめいた。露《あらわ》になった肌に血の線がはしり、ふつふつと血が噴き出ている。だが、絶命するような深手ではなかった。妹尾も迅剛流の達者である。咄嗟《とっさ》に、後ろへ身を引いたため、肌を浅く裂かれただけで済んだようだ。

「やるな！」

妹尾は驚愕《きょうがく》に目を剝いた。

菅井が、これほどの居合の遣い手とは思わなかったにちがいない。妹尾の脇にいた長身の武士も、一瞬目を剝いて棒立ちになっていた。菅井の神速の抜き打ちに、反応できなかったのである。

「すこし、浅かったようだな」

すぐに、菅井は納刀し、柄を握って居合い腰に沈めた。抜き打ちに斬れる体勢を取ったのである。

「次は、こうはいかぬぞ」

妹尾は大きく間合を取ると、ふたたび青眼に構えた。傷口からの出血で、着物の胸部が蘇芳色《すおういろ》に染まっていくが、刀をふるうのに支障はないようだ。

妹尾の顔や構えに、臆した様子はなかった。菅井の居合を一度見たことで、次はかわせると踏んだのかもしれない。妹尾の全身には、手負いの獣のような猛々《たけだけ》しさがみなぎり、菅井にむけられた剣尖《けんせん》には一撃必殺の気魄がこもっていた。

妹尾がジリジリと間合を狭めてきた。その動きと呼応するように、右手にまわった長身の武士も間合をつめてきた。青眼に構えた武士の全身に斬撃の気が高まっている。

……右手から先に仕かけてくるようだ。

菅井は、長身の武士が先に斬り込んでくるだろうと読んだ。

迂闊《うかつ》に抜けなかった。妹尾に対して抜刀をすれば、その瞬間に右手から斬り込んでくるはずである。菅井は、その斬撃をかわすことはできないとみた。居合は抜き放った瞬間、脇が無防備になるのだ。

……このままでは、やられる！

と、菅井は察知した。

戸口の前の中条と横溝も、敵と斬りむすんでいた。中条が多野川の斬撃を肩先にあびて、左肩から二の腕にかけて着物が血に染まっていた。ただ、浅手らしく、戦意を失っていなかった。青眼に構えた中条の切っ先はピタリと多野川の目線につけられている。

横溝にも頬に血の色があったが、敵の切っ先がかすっただけのようだ。

「さァ、こい！」

横溝が吼《ほ》えるような声で言って、八相に構えた。

多野川とふたりの武士はいずれも青眼に構え、三方から間合をつめ始めた。三人の切っ先が獲物に迫る猛獣の牙のように見えた。

横溝と中条は腰高障子の前に立ち、八相と青眼に構えていた。ふたりには、ここは死んでも通さぬという気魄があった。

五

源九郎の着物の右腕が裂け、かすかに血の色があった。源九郎は村神と一合し、村神の切っ先をあびたのである。

一方、村神は無傷だった。源九郎が左手の武士の斬撃に気を奪われたために、一瞬、斬り込みが遅れた。そのため、村神はかわすことができたのである。

「次は、その腕を落としてくれよう」

村神の口元にうす笑いが浮いた。次は勝てると踏んでいるようだ。

源九郎は、ジリジリと後じさった。村神と左手の武士は強敵だった。このままでは、斬られるだろう。

源九郎の全身に鳥肌が立った。恐怖である。どんな、遣い手でも斬られると思ったとき、恐怖を覚えるものなのだ。源九郎のように、多くの真剣勝負の修羅場をくぐってきた男でも同じである。

真剣勝負において、恐怖心は敵だった。身を硬くして一瞬の反応を遅らせ、平常心を奪って読みを誤らせるのだ。

……まだ、茂次たちは来ぬか。

源九郎は村神たちの背後に目をやった。

だいぶ、長屋の住人の人数が増えていた。十人ほどいようか。どの顔もこわばり、なかには心張り棒や天秤棒などを手にしている者もいた。

村神と左手の武士が、趾《あしゆび》を這うようにさせて間合をつめてきた。同じ間合を保って、源九郎は後じさったが、背が隣の部屋の立てかけた雨戸のそばに迫っていた。これ以上はさがれない。

……茂次だ！

そのとき、向かいの棟の先に、茂次の姿が見えた。数人の男がいっしょだった。茂次が、こっちだ、と声を上げ、男たちを引き連れてくる。

つづいて、孫六と三太郎の姿が見えた。やはり、五、六人の男たちがいっしょである。孫六が、早くしろ、早く！　と急き立てるような声を上げた。

……じゅうぶんだ。

都合、二十数人の男たちが、棟の両側の端に集まっている。

「茂次、仕かけろ！」

源九郎が声を上げた。

その声で、茂次が男たちに、

「石を投げろ！」

と叫んだ。すると、男たちの間から、ワアッ！　という喊声《かんせい》が上がり、石礫《いしつぶて》や棒切れなどがいっせいに飛んだ。

飛来した石や棒切れなどが村神たちのなかにばらばらと落ち、背や肩口に当たって悲鳴を上げる者もいた。

「な、何をする！」

村神が慌てて身を引き、源九郎との間合を取るときびすを返し、

「住人ども！　われらに逆らえば、命はないぞ！」

と、叫びざま、威嚇《いかく》するように刀を振り上げた。

「やれ！　やれ、あんなやろう、怖かァねえ」

茂次が叫びざま、さらに石を投げた。

つづいて、まわりにいた数人がいっせいに足元の石を拾って村神に投げつけた。

「こっちも、負けるな！　投げろ」

孫六がしゃがれ声で叫んだ。

オオッ！　と声が上がって、反対側からも石礫が村神たちにむかって飛んだ。

さすがに村神もかわしきれず、肩や腹などに石が当たった。

「お、おのれ！　住人ども」

妹尾が憤怒に顔を染め、刀を振りかざして茂次たちの方へ駆け寄ろうとした。

その妹尾目がけて、いっせいに石礫が飛び、腹や足などに当たってにぶい音をたてた。

「こ、これは、たまらん！」

妹尾は、頭を左手でおおうようにして後じさった。

「ひ、引け！」

村神がひき攣《つ》ったような声を上げ、頭をかかえるようにして駆けだした。妹尾や多野川たちも、後につづいた。逃げる七人の武士の背に、さらに石礫があびせられた。

「逃げた！　逃げた！」

孫六の狂喜するような声が聞こえ、つづいて男たちの歓声が湧き上がり、ばらばらと駆け寄る足音がひびいた。

男たちが、源九郎たちの方へ駆け寄ってくる。

その騒ぎを耳にし、部屋のなかに身をひそめていた女や子供たちも戸口に出てきて、ぞろぞろと集まってきた。どの顔にも歓喜の色があり、子供たちなどは手をたたいたり、跳ねまわったりしている。まるで、合戦にでも勝ったような騒ぎようである。

長屋の住人たちが、戸口のまわりを埋め尽くしたとき、腰高障子が、ガラリとあいて、青山が顔をだした。

「若さまだ！」

房吉《ふさきち》という五つの児が叫んだ。

長屋の住人たちのおしゃべりがやみ、いっせいに視線が青山に集まった。そのなかには、おふくの顔もあった。

青山は住人たちにむかい、

「みなのお蔭で、助かったぞ」

と言って、ニッコリと笑った。

住人たちの間から、ワアッ！　という歓声が上がった。長屋中をつつむような歓喜の声である。


「華町、やられたのか」

菅井が源九郎の右の二の腕に目をやりながら訊いた。

「なに、かすり傷だ」

皮肉を浅く裂かれただけである。すでに、血もとまっていた。

「あやうかったな」

菅井も、このままつづけたら命がなかったとみていたようだ。

「長屋のみんなに助けられたな」

源九郎は、中条と横溝に目をやった。ふたりにも血の色があったが、浅手のようである。何とか、命拾いしたようだ。

「ここは、おれたちの城だ。やつらも、下手に手出しできないと思い知ったろう」

菅井がもっともらしい顔をして言った。

「だが、これで終りではないぞ」

村神たちも、落命をした者はいなかった。かならず、次の手を打ってくるだろう、と源九郎は思った。

いっときして、長屋の住人たちが帰ると、源九郎は急に空腹感を覚えた。めしも炊き上っているはずである。

「菅井、夕めしは食ったのか」

源九郎が訊いた。

「いや、まだだ」

「どうだ、わしの部屋で食わんか。いい頃合に、めしが炊き上っているはずだ」

「それはいい。馳走になろう」

菅井が目を細めて、ニンマリした。

六

狭い六畳の部屋に、六人の男が座していた。青山たちの住む部屋である。顔をそろえていたのは、源九郎、菅井、青山、中条、横溝、それに高野だった。六人は鳩首《きゆうしゆ》して、何やら相談している。

「それで、あらたにくわわったのは、何者なのだ」

高野が苦渋の面持ちで訊いた。

「いずれも、江戸勤番で竹島らに与《くみ》している者たちです」

中条が四人の名をあげた。

芦谷勘一郎《あしやかんいちろう》、服部新太郎《はつとりしんたろう》、藤堂昇助《とうどうしようすけ》、池田左之助《いけださのすけ》。芦谷と服部は徒士組《かちぐみ》の小頭で、藤堂と池田は徒士だそうだ。いずれも、家中では名の知れた遣い手だという。村神、妹尾、多野川に四人の強敵がくわわったことになる。

「若、やはり、ここにとどまるのは危のうございます」

高野が不安そうな顔をした。

中条と横溝から、昨夕、村神たちに襲われたときの様子を聞いたのだ。

「主計、何を言う。ここは、どこよりも堅牢な隠れ家だぞ。昨日、村神たちを撃退できたのも、この長屋であればこそだ。……見た目は、粗末な長屋だが堅城であり、住人は精鋭の士だぞ」

そう言って、青山は源九郎と菅井に目をむけた。

源九郎は苦笑いを浮かべた。堅城と精鋭の士はかいかぶり過ぎだが、はぐれ者たちでも、力を合わせれば、大きな戦力になることは事実である。

「ですが、これで村神たちが、手を引くとは思えませんし……」

高野の顔には困惑の色があった。そうは言っても、ぼろ長屋に青山がとどまっていることが、不安なのだろう。

「ならば、主計、ここを出て、どこへ行けばよい」

青山が訊いた。

田上藩の江戸藩邸は竹島派の勢力が強く、危険な状況に変わりなかった。

「町宿に身を隠せば、しばらく村神たちの目を逃れられましょう」

「いや、すぐに嗅ぎ付けられる。そのときは、ここともちがって、守りきれまい」

「……」

高野は鎮痛な顔をして視線を膝先に落とした。高野にも、たとえ場所を移しても青山を守り切る自信はないのだろう。

「高野どの」

源九郎が声をかけた。

「今後の見通しだが、青山どのが藩邸にもどれるようになるまで、どれほどとみておられるのです」

源九郎は、青山がどこにいても、そう長くは守りきれないとみていた。

「まず、一月とみておるのだ」

高野によると、ここ二十日ほどのうちに国許から栗林どのが出府するだろうという。さらに、高野の配下の目付が竹島と紀直の身辺を探っているので、一月ほどすれば藩主に上申できる何らかの目途が立つのではないかという。

「ただ、この一月があぶのうござる」

竹島派の者たちも、栗林が出府してくるのは承知しているので、栗林が出府する前に、何としても青山を亡き者にしようとするだろう。青山さえ、いなくなれば、吉松派の者がどう足掻《あが》こうと、世継ぎは康広に決まるのである。そうなれば、吉松派がいかに竹島や紀直の不正を言いたてても、どうにもならないのだ。

「あと、一月か」

菅井がつぶやくような声で言った。

「それまで、おれはここに籠城し、村神たちの攻撃を撃退するつもりだ」

青山が顔を紅潮させて言った。目がかがやいている。どうやら、この若さまは合戦気分でいるらしい。

「このままでは、一月持たないかもしれんぞ」

源九郎が言うと、一同の顔に不安と苦慮の表情が浮いた。青山だけは、そんなことはないという顔をしている。

次に口をひらく者がなく、座は重苦しい沈黙につつまれた。まだ、暮れ六ツ（午後六時）前だったが、部屋のなかが薄暗いせいか、よけい男たちの顔を暗くしていた。

ふと、源九郎が何か思いついたように顔を上げた。

「どうです、こちらから、攻めては」

源九郎は、村神たちの攻撃に応戦して青山の身を守るだけでなく、逆に村神たちを攻めれば、時間が稼げるのではないかと思ったのだ。

「攻めるとな」

青山が膝を乗り出した。

「こちらから、村神たちを襲うのです」

「それはよいな」

「そうすれば、敵も迂闊《うかつ》には動けなくなるだろう。うまく村神を討てれば敵の力は半減するし、この長屋への襲撃をあきらめるかもしれん」

源九郎は、ただ敵の攻撃を待っているのでは勝機はないと見たのだ。

「よし、その策でいこう」

青山が声を強くして言った。

「ところで、村神たちの居所は分かっているのかな」

敵が分散して居住していれば、犠牲を払わずに討ち取ることもできるだろう。

「芦谷たち四人の居所は分かっている」

高野によると、芦谷、服部、藤堂の三人は、愛宕下の上屋敷に居住していて、池田だけは町宿に住んでいるという。

「村神、妹尾、多野川の三人は」

源九郎が訊いた。

「三人は、まだ出府して間もないゆえ、居所はつかんでおらんのだ。竹島派の町宿か、紀直さまの屋敷とみているが」

村神たち三人は、刺客として江戸に来たため初めから藩邸には姿を見せず、市中に身を隠しているという。

「高野どの、村神たち三人の隠れ家をつきとめてもらえんか」

源九郎は、三人の所在が分かれば、個別に狙って討つこともできるとみたのである。それに、高野の配下の目付が動けば、何とか隠れ家もつきとめられるだろう。

「承知した」

高野がうなずいた。

「ところで、紀直どのの屋敷はどこかな」

「本郷でござる」

「こちらでも、探ってみよう」

源九郎は、茂次と三太郎に頼もうと思った。

七

風があった。溜池の水面にさざ波が立ち、西陽を反射《はね》て茜色《あかねいろ》のひかりが無数に揺れていた。池の端に群生した芒《すすき》や葦《あし》が、風にそよいでいる。

赤坂田町二丁目。赤坂御門のちかくである。溜池沿いに群生した葦原の陰に、三人の男が身を隠していた。源九郎、中条、それに添田要次郎《そえだようじろう》という高野の配下の徒目付《かちめつけ》である。

高野の命で、添田が多野川の潜伏先を探り、赤坂田町一丁目にある町宿に、多野川が身を隠しているのが分かったのである。その町宿は、竹島派の小堀平助《こぼりへいすけ》という家臣が住んでいるが、多野川はそこに身を寄せているという。

「多野川を討とう」

添田から報告を受けた中条が即断した。

「わしも手を貸そう」

源九郎は、多野川も迅剛流の遣い手なので、中条ひとりでは心許ないと思った。それに、中条が横溝を同行すると、青山のそばからふたり離れることになり、村神に察知されると、青山を守れなくなる。

そこで、菅井と横溝を長屋に残し、源九郎と中条とで多野川を討つことになったのである。

添田によると、多野川は小堀とともに暮れ六ツ（午後六時）ちかくになると、町宿を出て赤坂新町にあるそば屋に夕飼をかねて酒を飲みに出ることが多いという。

「ならば、途中、待ち伏せよう」

というこことになり、ここに身を隠していたのである。

「そろそろ来るころですが」

添田が、葦の陰から首を伸ばして言った。

「まだ、暮れ六ツまでには間がある」

陽の落ちぐあいから見て、七ツ半（午後五時）過ぎであろう。

「それがし、様子を見てきます」

そう言い残し、添田は葦の陰から通りへ出た。凝《じっ》としていても、気持が落ち着かないようだ。

添田がその場から出て、小半刻（三十分）ほど過ぎた。陽は西にある紀州家上屋敷の向こうに沈み、西の空に残照がひろがっている。そろそろ暮れ六ツであろうか。

「添田だ」

中条が言った。

丈の高い葦を透かして見ると、通りを足早にやってくる添田の姿が見えた。

「き、来ます！」

源九郎たちのそばに走り寄った添田が息を切らせて言った。

「ひとりか」

「多野川と小堀のふたりです」

「ならば、わしが多野川を斬ろう」

「それがしは、小堀を」

中条は、添田に、おぬしは念のためふたりの背後にまわってくれ、と指示した。添田はそれほどの腕ではないらしい。

「承知しました」

添田が顔をこわばらせて言った。

通りの先から、小柄な多野川と大柄な武士が近付いてきた。大柄な武士が小堀だという。ふたりは、小袖に袴姿だった。くつろいだ格好で、何やら話しながらやってくる。

ふたりの姿が十数間の距離に近付いたとき、息をつめて見つめていた添田が、飛び出そうとした。気が逸《はや》ったらしい。

源九郎がその肩をつかみ、まだだ、というふうに首を横に振った。十分引きつけてから三人いっせいに飛び出すのである。

多野川と小堀が、しだいに迫ってきた。源九郎たち三人は息をつめて見つめている。

ふたりが、数間の距離に近付いたとき、

「今だ！」

と、源九郎が声を殺して言い、いきなり葦原から飛び出した。遅れじと、中条と添田がつづく。

ザザザッ、と葦原を掻《か》き分ける音がひびき、黒い人影が通りへ突進した。

多野川と小堀は、ギョッとしたように、立ち竦《すく》んだが、すぐに逃げ出さなかった。目を剝いて、急迫してくる黒い影を見つめている。野犬でも、飛び出してくると思ったのかもしれない。

「中条たちだ！」

多野川がひき攣《つ》ったような声を上げた。

そのとき、中条と源九郎は道際まで走り出ていた。添田だけはふたりの背後へまわろうとして、まだ葦を掻き分けている。

「多野川、勝負！」

いきなり、源九郎が多野川の前に立ちふさがった。中条は、すばやい動きで小堀の行く手をふさいだ。

「おのれ！　華町」

多野川の浅黒い顔が、憤怒で赭黒《あかぐろ》く染まった。

「まいる！」

源九郎が刀を抜いた。

多野川も抜刀し、敏捷《びんしょう》な動きで後じさった。そして、三間余の間合を取ると、青眼に構えた。切っ先をピタリと源九郎の喉元につけている。村神と同じ構えだった。迅剛流の青眼の構えである。

源九郎も青眼に構え、切っ先を敵の目線につけた。

……村神ほどの腕ではない。

と、源九郎は見てとった。

多野川の構えには隙がなく、腰も据わっていた。ただ、剣尖に村神ほどの威圧はなかった。それに、多野川の切っ先が、わずかに揺れていた。気の昂《たかぶ》りで、肩に余分な力が入っているのだ。

源九郎は剣尖に気魄を込め、ジリジリと間合をつめ始めた。このまま攻めても、多野川を撓《たお》せると踏んだのである。

多野川は動かなかった。全身に気勢を込め、斬り込む気配を見せながら源九郎の動きを見つめている。

ふと、源九郎が寄り身をとめた。斬撃の間境の手前である。

源九郎は全身に気勢をみなぎらせ、いまにも斬り込んでいく気配を見せた。気攻めである。激しい気魄で攻めておき、フッ、と切っ先を下げて気を抜いた。誘いだった。この誘いに引き込まれるように、多野川が反応した。

イヤアッ！

裂帛の気合を発しざま、多野川が青眼から真っ向に斬り込んできた。迅速な斬撃である。

だが、この斬撃が源九郎には見えていた。むしろ、この斬撃を呼び込んだといってもいいのである。

間髪をいれず、源九郎は右手に体《たい》をひらき、多野川の手元にするどく斬り下ろした。敵の出頭《でがしら》をとらえた籠手《こて》斬りである。

ザクリ、と多野川の右の前腕が裂け、血が噴いた。

多野川が勢い余って前へ泳ぐ。

源九郎は反転し、踏み込みざま二の太刀をふるった。

脇から袈裟《けさ》へ。一瞬の太刀《たち》捌《さば》きである。

その切っ先が、多野川の首筋をとらえた。

次の瞬間、多野川の首がかしぎ、血が驟雨《しゅうう》のように飛び散った。首の血管《ちくだ》から噴き出たのである。

多野川は血を撒《ま》き散らしながらよろめき、足がとまると、腰から沈むように転倒した。悲鳴も呻《うめ》き声も聞こえなかった。首筋から噴出する血が、地面をたたいている。その音が叢《くさむら》で、小動物でも動いているように聞こえた
源九郎は、中条に目をやった。

中条と小堀は青眼に構えて、切っ先をむけ合っていたが、小堀の肩口から胸にかけて着物が血に染まっていた。中条の袈裟斬りを浴びたらしい。

小堀の顔は恐怖にひき攣っていた。中条にむけた切っ先が笑うように揺れている。

……勝負はあったな。

源九郎は助太刀に駆け付ける必要はないと見てとった。

そのとき、小堀が喉の裂けるような甲高い気合を発し、真っ向へ斬り込んだ。

追いつめられた者の捨て身の反撃だったが、斬撃にするどさがなかった。

中条は脇に跳びざま、胴を払った。抜き胴である。

ドスッ、というにぶい音がし、小堀の上体が折れたように前にかしいだ。

小堀は蟇《ひき》の鳴くような低い呻き声を上げ、よろよろと前に歩いた。そして、足をとめると、左手で腹を押さえてがっくりと膝を折った。

小堀は倒れなかった。うずくまったまま、低い唸《うな》り声を上げている。

「武士の情け！　とどめを刺してくれる」

一声上げて、中条が小堀の脇から刀身を斬り下ろした。

にぶい骨音がし、小堀の首が前に垂れた。

次の瞬間、首根から血が奔騰《ほんとう》した。

噴出した血は、心ノ臓の鼓動に合わせて三度噴き出し、後はタラタラと流れ落ちるだけとなった。小堀は首を両腕でかかえたような格好でうずくまっていた。

血の臭いが風に流れている。

「ひとり、討ち取ったな」

源九郎が中条に歩を寄せて言った。

「華町どののお蔭でござる」

「ふたりを、このままにしておけぬな」

いまは、人通りがないが、天下の大道である。通行人の邪魔になるだけでなく、町方も探索を始めるだろう。

「ひとまず、叢のなかに引き込んでおきましょう。後は、高野さまに話して、ひそかに死体を片付けてもらいます」

中条、源九郎、添田の三人で、多野川と小堀の死体を葦原のなかへ引き摺《ず》り込んだ。

「長居は無用」

すぐに、源九郎たちはその場を去った。

第五章　討　伐

一

ウウウ……。

菅井が低い唸《うな》り声を上げた。総髪が肩まで垂れ、目が細く、抉《えぐ》りとったように頬がこけていた。陰気で貧乏神のような顔である。その顔が赭黒《あかぐろ》く染まり、目がつり上がり、般若《はんにゃ》のような面貌《おもて》になっている。

菅井は将棋盤を睨みつけ、腕を組んだまま動かない。対座しているのは、青山だった。青山は涼しい顔をして、将棋盤に目を落としている。

源九郎の部屋だった。今日は朝から雨模様だったので、さっそく菅井が将棋盤をかかえてやってきたのだ。

仕方なく、源九郎は菅井の相手をし、一局指し終えたとき、腰高障子があき、めずらしく青山が顔を見せた。

「部屋にいるのも、退屈でな。おぬしらが、将棋をやっているとみて、来てみたのだ」

青山はそう言うと、勝手に上がり込み、源九郎と菅井の対局を覗いていたが、指し終えると、

「次は、おれの番だな」

と言って、そのとき勝った菅井と対座したのだ。

青山はなかなかの腕だった。危なげなく、菅井を破った。

「おのれ、もう一局」

すぐに、菅井は駒を並べ始めた。どういうわけか、菅井は下手なくせに負けず嫌いなのである。

二局目も、しばらく打つと、形勢は青山にかたむいてきた。いまも、青山に王手角取りの妙手を打たれ、菅井が長考に入ったところなのだ。

「なれば、この手だ」

菅井が声を上げげて、王を後ろへ引いた。長考の割りには凡手だった。ただ、王

を逃がしただけである。

「そうきたか。次は、この手だな」

青山は王の前に金を打った。今度は、王手銀取りである。王で金を取れないので、さらに王を引くしかなかった。

ウウウ……。また、菅井は唸り声を上げて、考え込んだ。青山は笑みを浮かべて、菅井の般若のような顔に目をむけている。

そのとき、戸口に近付いてくる下駄の音がした。そして、腰高障子の向こうでとまった。だれか来たらしい。すぐに、障子はあかず、なかの様子をうかがっているような気配がする。

「どなたかな」

将棋盤の脇に座って、ふたりの勝負を見ていた源九郎が声をかけた。

「華町さま、おふくです」

かすれたような女の声がした。

「茂助の娘さんか」

「は、はい」

「入ってくれ」

源九郎は、おふくが何の用があって来たのか、見当もつかなかった。

そろっ、と腰高障子があいて、おふくが姿を見せた。手に丼を持っている。

おふくはこわばった顔で部屋のなかへ目をやり、青山の姿を見ると、慌てて視線をそらせた。

「こ、これ、みなさんで食べてください」

おふくは、頬を染めて小声で言った。

すると、源九郎が返事をする前に、青山が将棋盤から目を離し、

「おお、おふくどの。……煮染《にしめ》だな」

と、声を大きくして言った。

菅井は顔をしかめて、将棋盤を睨んでいる。

「は、はい、刻み牛蒡《ごぼう》の煮染です」

「ありがたい。おふくどのの煮染は、美味だからな」

青山が嬉しそうに言った。

「……………」

おふくの色白の顔が、ぽっと赤くなった。

実は、おふくが作った煮染ではなかったのだ。おふくは、青山が斜向《はす》かいの部

屋から出ると、そっと跡を尾《つ》け、源九郎の部屋に入ったのを見た。そして、腰高障子の前を通ると、将棋を打つ音が聞こえたので、青山も将棋を指しにきたのだろうと思ったのだ。

おふくは、すぐに田村屋へ行って煮染を買ってきた。源九郎の部屋へ煮染を持って行けば、青山と話ができるし、煮染を食べてもらうこともできるのではないかと思ったのである。

「わしらも、いただいていいのかな」

源九郎が訊いた。どうやら、おふくは青山に食べてもらいたくて持ってきたようだ、と察したからである。

「は、はい、みなさんで」

「そうか、では、酒の肴《さかな》にでもしようかな」

源九郎が、青山どの、酒は飲まれるのか、と訊《き》いた。

「おお、酒も好きだぞ」

青山がそう言ったとき、おふくが戸惑うような顔をして、

「あたし、帰ります」

と、消え入りそうな声で言った。男たち三人が酒の話を始めたので、その場に

いられなくなったのである。

「おふくどの、せっかく来たのだ。どうだ、将棋でも見ていったら」

青山が屈託のない声で言った。

「将棋を……」

おふくが、戸惑うような顔をした。いくらなんでも、男たち三人のなかに、娘ひとりが割り込んで将棋を見ていることなどできない。それに、将棋などまったく興味がなかったのだ。

「いまな、ちょうど勝負どころなのだ」

青山がそう言って、将棋盤に目をもどしたときだった。

突然、菅井が総髪に指をつっこんでかきまわしながら、獣の唸るような声を上げた。

おふくが、ギョッ、としたように身を引いた。

菅井はおふくのことなど、目に入らないらしく、

「おれの負けだ！」

と声を上げ、将棋盤の駒を荒々しく掻《か》き混ぜた。

おふくは、驚いたような顔をして菅井に目をむけていたが、やっぱり、自分の

居場所はない、と思ったらしく、

「また、来ます」

と言って、チラッと青山に目をやってから、戸口から出ていった。

「青山どの、もう一局」

菅井はさっさと駒を並べ始めた。

青山も並べ始めたが、指の動きが緩慢だった。さすがに、菅井を相手に指すのは飽きてきたらしい。

「菅井、その前に一杯やろう。一息入れねば、いい手も浮かばんだろう。それに、うまそうな肴《さかな》がとどいたのだ」

そう言って、源九郎は立ち上がり、流し場に置いてあった酒の入った貧乏徳利と湯飲みを持ってきた。

「では、飲みながらやるか」

菅井は酒を飲むのは承知したが、将棋も諦めないようだった。

二

「おもしろかったぞ。また、来よう」

青山はそう言い置いて、上機嫌で戸口から出ていった。

菅井は疲れきった顔をして、将棋盤を前にしてうなだれていた。結局、青山と三局指したが、いいようにあしらわれたのである。

「あんな若造に、手もなくひねられて……」

菅井は泣きだしそうな顔をした。

「まァ、そう悲観するな。若いが、青山どのは強い。わしでも、一局も勝てなかったろうな」

「そ、そうか」

「いや、菅井だからこそ、あそこまで好勝負になったのかもしれんぞ。わしでは、勝負にならなかっただろう」

源九郎は、菅井を慰めてやった。

「そんなに強いのか」

「強いな」

「よし、次は何とか一矢報いてやろう。長屋に、好敵手あらわるだな」

菅井の顔がにわかに紅潮し、挑むように虚空を睨んだ。三局負けた無念さが、闘志にかわったらしい。

　そんなやり取りをしていると、戸口の障子があいて、今度は孫六と茂次が姿をあらわした。

「やってやすね」

　茂次がニヤニヤしながら、入ってきた。雨の日は茂次と孫六もやることがなく、源九郎の部屋に顔を見せることが多いのである。

「ありがてえ、酒もあるぜ」

　孫六が座敷に置いてあった貧乏徳利を目にして、目尻を下げた。孫六の関心は将棋より、酒である。

「いま、青山どのが来ていてな。将棋を指したのは、菅井と青山どのだ」

　源九郎が言うと、

「あの男、なかなかの指し手だぞ。長屋に、おれの好敵手があらわれたわけだ」

　菅井が興奮した面持ちで言った。三番つづけて負けたことは、口にしなかった。

「もう、将棋はやらんが、酒なら付き合うぞ」

　源九郎が孫六と茂次に言った。

「ヘッヘヘ……。将棋より酒でさァ」

孫六が満面に笑みを浮かべて、源九郎の脇に腰を下ろした。茂次も流し場から茶碗を手にして座敷に上がった。それ以上、湯飲みはなかったのである。孫六は青山が残していった湯飲みをそのまま使うつもりらしい。

「それじゃァ、一杯《いっぺえ》」

孫六が貧乏徳利を手にして、茂次の茶碗につぎ、つづいて自分の湯飲みにもついだ。

いっとき、孫六と茂次が酒を飲んでから、

「ところで、何か話があって来たのではないのか」

源九郎が訊いた。茂次と三太郎に、本郷にある紀直の屋敷を探るよう頼んであったのである。

「へい、村神と妹尾の居所が知れやした」

茂次が顔をひきしめて言った。

「分かったか」

「旦那の睨んだとおり、本郷の屋敷にいやした」

茂次と三太郎は、ここ三日、本郷に出かけ、屋敷周辺で聞き込むとともに、屋敷に奉公している中間《ちゅうげん》をつかまえて話を訊いた。

その結果、村神と妹尾が屋敷内にある家士の住む長屋で寝起きしていることが分かったという。

「それに、ふたりが屋敷を出るのを見やした」

紀直は本郷にある自邸から、愛宕下にある田上藩の上屋敷にしばしば出かけるという。その際、駕籠《かご》を使うが、村神と妹尾が警固のために数人の家士とともにしたがっていたそうである。

「駕籠の従者は、何人いた」

源九郎が訊いた。

「先棒の前に侍が五人、後棒の後ろに四人いやした。村神と妹尾は、駕籠の両脇に張り付いていやしたぜ」

「やけに厳重だな」

菅井が口をはさんだ。

「紀直も、警戒しているということだろう」

「どうする」

「ふたりの居所は知れたが、仕掛けるのはむずかしいな」

紀直の屋敷を襲撃するのは、無理である。かといって、駕籠を襲うのもむずかかしいだろう。警固の人数が多すぎる。源九郎や中条たちだけでは、返り討ちに遭《あ》う恐れがあった。それに、路上で大勢で斬り合うようなことにでもなれば、田上藩が幕府から咎《とが》められるだろう。そうなれば、世継ぎどころではなく、藩の存続すら危うくなる。

「茂次、三太郎とふたりで、しばらく紀直の屋敷を見張ってくれんか」

源九郎は、村神と妹尾が屋敷を出るときもあるのではないかと思ったのだ。

「ようがす。たんまりいただいてやすからね。仕事は、しばらく休みまさァ」

五両のほかに、源九郎たち五人は、さらに十両ずつ手にしていたのだ。それというのも、長屋から村神たちを撃退した後、高野が前金として新たに五十両渡したからだ。

「頼むぞ」

「華町の旦那、あっしからも耳に入れてえことがありやす」

孫六が顔の笑いを消して言った。

「なんだ」

「昨日の夕方、表の路地でうろんな侍をふたり、見かけやしたぜ」

孫六には、聞き込みや探索には出かけず、長屋に残って路地木戸や長屋に通じる路地などに目を配るよう頼んであった。村神たちの長屋の襲撃を事前に察知するために、見張りが必要だったのである。

　孫六は適任だった。年寄りが孫を背負って歩く姿に、不審の目をむける者はいなかった。それに、孫六は長年岡っ引きとして生きてきたので、不審者を見抜く目があった。いざとなれば、尾行も巧みである。

「深編み笠で顔を隠してやがったが、村神一味にまちげえねえ」

　孫六が断定するように言った。

「ふたりは何をしていたのだ」

「ときどき木戸の前を通って、暗くなるまで長屋の様子を覗いてやした。それに、一度、長屋の裏手にまで行きやしたぜ」

　長屋の裏手は板塀がまわしてあり、その後ろは雑草の茂った空き地になっていた。ふたりの侍は空き地に踏み込み、板塀の隙間からなかを覗いていたという。

「押し入るつもりだったのかな」

　菅井が驚いたような顔をして訊いた。

「そうじゃァねえ。あっしの睨んだところ、やつらは押し入る前《めえ》の下見に来たんでさァ」

孫六が目をひからせて言った。腕利きの岡っ引きを思わせるようなするどい目である。

「わしも、そう思うな」

「だが、やつらも懲《こ》りているだろう。長屋に押し入って痛い目に遭《あ》っているからな」

菅井が腑に落ちないような顔をした。

「むろん、同じ手は使わんだろう。……わしが見たところ、夜襲だな」

「夜襲だと」

「そうだ。夜陰にまぎれて侵入し、青山どののいる部屋へ踏み込んで斬殺するのだ。わしらが、駆けつける前にな」

ふたりの武士は、夜になってから長屋に侵入できる場所を探っていたのではないか、と源九郎は思った。

「まずいな」

菅井が困惑したように顔をしかめた。夜陰にまぎれて侵入されたら防ぎようがないだろう。それに、狭い部屋に源九郎や菅井がいっしょに寝起きするわけにもいかない。

「何か、手を打とう」

源九郎は、青山をいまの部屋に置いておけないと思った。

三

子《ね》ノ刻（午前零時）ごろであろうか。夜空に鎌のような三日月が出ていた。満天の星である。風があり、空き地の雑草がザワザワと揺れていた。ふだんは虫の音がすだくように聞こえる空き地だが、風のせいか虫の音も聞こえなかった。

数人の男が、空き地を足早に歩いていた。いずれも、小袖の袖を襷《たすき》で絞り、たっつけ袴に二刀を帯びていた。顔は、黒覆面で隠している。夜盗ではない。二刀を帯びているところから見て、武士集団であろう。

武士集団は、板塀のそばに身を寄せた。板塀の向こうには、四棟の古い棟割長屋が夜陰のなかで黒い輪郭だけを見せていた。はぐれ長屋である。

長屋は、夜の帳《とばり》につつまれ、洩《も》れてくる灯《ひ》もなかった。ときおり、風で戸口の腰高障子や庇《ひさし》が揺れ、コトコトと音をたてていたが、物音や話し声は聞こえなかった。住人たちは、寝入っているようである。

孫六と茂次が源九郎の部屋へ姿を見せ、酒を飲みながら、村神たちのことを話した三日後である。

空き地に姿を見せた集団は四人、村神、妹尾、芦谷、服部だった。四人の双眸《そうぼう》が、夜陰のなかで獲物を狙う狼の目のようにひかっている。

「どこか、侵入できる場所はあるか」

村神が小声で訊いた。

「板塀のはずれている場所があります。こちらへ」

瘦身《そうしん》の男が先にたって、板塀に沿って歩いた。この男は芦谷だった。もうひとり、長身の服部とふたりで、長屋の下見をしていたのだ。

板塀が朽《く》ちて、はずれている場所があった。そこから、敷地内に侵入できる。

四人は敷地内に踏み込むと、棟の脇の深い闇に身を隠すようにして青山の住む部屋へ近付いていく。風音が、四人の足音を消してくれた。それに、月明りで提灯《ちょうちん》はなくとも歩くことができた。村神たちは侵入しやすい夜を選んで、決行したのだ。むろん、狙いは青山の命である。

「たしか、手前から三つ目です」

妹尾が小声で言った。

村神が無言でうなずく。すでに、村神たちは長屋に踏み込み、青山の住む部屋の前で源九郎や中条たちと戦っていたので、その場所は分かっていた。

戸口に雨戸はたてていなかった。腰高障子が月明りでぼんやりと識別できた。洩れてくる灯はなく、深い静寂につつまれている。

「行くぞ」

村神が小声で言った。

四人の男が夜陰のなかをすべるように移動し、青山の部屋の腰高障子の前に身を寄せた。

耳を立てて、なかの様子をうかがっている。

「いるようだ」

人声は聞こえなかったが、夜具を動かすような音とかすかな寝息が聞こえた。

「踏み込むぞ」

村神の声で、妹尾、芦谷、服部の三人が無言でうなずき、いっせいに刀を抜いた。一気に踏み込んで、寝ている青山を夜具の上から、突き刺すつもりである。

村神が、腰高障子に手をかけて引いた。

ガタッ、と大きな音がし、何かが土間に落ちて転がった。心張り棒ではなかった。中条たちが侵入者にそなえて、腰高障子に丸太を立て掛けておき、戸をあけようとして引くと、倒れるように仕掛けておいたのだ。

つづいて部屋のなかで、夜具を撥《は》ね除《の》けるような音がした。部屋で寝ていた者が身を起こしたらしい。

……しまった！

と、村神は思った。中条たちが、侵入者に気付いて身を起こしたのである。だが、部屋からの出口は、この戸口しかない。部屋のなかに、青山はいるはずだ。

「踏み込め！」

言いざま、村神は抜刀して土間へ踏み込んだ。妹尾、芦谷、服部がつづく。

部屋のなかの闇は深かった。だが、障子に映じた月明りで、かすかに座敷に敷かれた夜具や枕屏風などが、識別できた。

そのとき、突然、上がり框《がまち》のそばに延べてあった掻巻《かいまき》が大きく撥ね上がった。そして、夜陰のなかへふわりと浮き、土間にいた村神たちの頭上におおいかぶさってきた。何者かが掻巻を両手で持ち上げたまま戸口へ出てきて、掻巻を村神たちにかぶせたのである。

「おのれ！」

村神が手を上げてその掻巻を撥ね除けたとき、村神たちの脇を黒い人影が擦り抜けた。一瞬、村神はその長身の体軀《たいく》から、横溝であることを察知した。

「横溝だ！」

村神が叫んだとき、座敷のなかほどに敷かれてあった別の掻巻が大きく膨れ上がり、そのまま村神たちにおおいかぶさってきた。中条が横溝と同じことをしたのだ。

ワッ、と声を上げて、土間の端にいた妹尾が尻餅をついた。慌てて掻巻を避けようとして後ろに身をそらせ、そこへ掻巻がかぶさってきたため体勢をくずしたのだ。

中条は尻餅をついた妹尾の脇から外へ飛び出した。

「ふたりに構うな！　京四郎君を討て！」

村神が叫んだ。

村神は、青山がまだ座敷にいるとみたのである。横溝と中条が寝ていた場所の奥に、一人分の夜具が延べてあり、掻巻が人形《ひとがた》にふくらんでいた。

村神は刀を振りかざして、座敷に踏み込んだ。つづいて、妹尾が上がり框から跳び上がり、奥の夜具に近付いた。

「京四郎君、覚悟！」

一声上げて、村神が上から掻巻に刀身を突き刺し、さらに妹尾が脇から突き込んだ。

何かを突き刺した手応えはあったが、夜具のなかでまったく動きがない。

村神が、掻巻を手にして引き剝《は》いだ。

「し、しまった!」

掻巻の人形の正体は、丸めて扱《しご》き帯で縛った布団だった。

「謀《はか》られたか」

中条たちが、侵入者から青山を守るために手を打っていたようだ。すでに、青山は別の場所に身を隠しているにちがいない。

村神は、この場でもたもたしていれば、逆に返り討ちに遭うのではないかと思った。長屋には、中条と横溝の他に腕のたつ源九郎と菅井がいるのである。

「引け!」

村神は、すぐに戸口から外へ出た。慌てて、妹尾たち三人が飛びだした。

戸口の周辺に人影はなかった。長屋は、何事もなかったかのようにひっそりと夜の帳につつまれている。

……今夜は、引くしかない。

村神は思い、棟の陰の深い闇に身を隠すようにして走りだした。妹尾たち三人がつづいた。四人の黒い影が侵入した板塀の方へ疾走していく。

中条と横溝は、そっと源九郎の部屋の腰高障子をあけた。なかは、深い夜陰につつまれ、ふたりの鼾《いびき》が静寂を揺らしていた。眠っているようだ。

「若、若」

「華町どの、華町どの」

中条と横溝は土間に立ち、小声で交互にふたりの名を呼んだ。

鼾がやんで、むくりと人影が夜具から身を起こした。源九郎である。つづいて、その奥で寝ていた青山が、起き上がった。

「どうした」

源九郎は眠い目をこすりながら訊いた。

「き、来ました、村神たちが」

中条が、声を殺して言った。

「やはり、来たか！　それで、忍び込んだ曲者《くせもの》はどうなった」

青山が昂《たかぶ》った声で訊いた。眠気がふっ飛ぶような声である。

「謀られたと気付き、逃げだしました」

中条と横溝は戸口から飛び出した後、別の棟の陰から様子を窺《うかが》っていたのだ。そして、村神たちが、慌てて逃げ出すのを見てから、源九郎たちの許に駆けつけたのである。

「それはいい。うまく策に、嵌《は》まったわけだな」

青山は立ち上がった。小袖に袴姿だった。いざというときのため、寝間着に着替えずに休んでいたのである。

「此度《こたび》の戦いも、われらの勝ちだな」

青山が勝ち誇ったような声で言った。

「これで、安心して眠れるな」

しばらくの間、村神たちが長屋を襲うことはないだろう、と源九郎は踏んだのだ。

「村神たちも、思い知ったであろう。われらには、精鋭の士だけでなく優れた軍師もいるのだ」

「……………」

源九郎は、脇腹のあたりがむず痒《がゆ》くなった。優れた軍師とは、源九郎のことらしいのだ。

「軍師どの、まだ、起きるのは早いし、どうされるな」

青山が立ったまま訊いた。

「青山どのも、お疲れだろう。とりあえず、部屋へもどられ、ゆっくり休まれたらどうかな」

源九郎は、ひとりになってゆっくり眠りたかったのである。おおらかで気立てのいい若者とはいえ、相手は大名家の若君である。狭い部屋で身を寄せ合っていたのでは、気を使って熟睡できないのだ。

「若、それがよろしゅうございます。騒ぎ立てて、長屋の者を起こしてもかわいそうですから」

中条がそう言うと、

「分かった。部屋へもどって、休もう」

青山は、すぐに同意した。

四

乳鋲《ちびょう》を打った堅牢な門扉の脇のくぐりがあき、武士がふたり姿を見せた。本郷にある紀直の屋敷である。

姿を見せたのは、村神と妹尾だった。ふたりは通りへ出ると、南にむかって足早に歩きだした。

「三太郎、尾けるぞ」

茂次が三太郎に言った。

ふたりは、紀直の屋敷の斜向かいにあった屋敷の築地塀の陰から、紀直の屋敷を見張っていたのである。

村神たちが長屋を襲った三日後だった。茂次と三太郎は、源九郎に、村神たちが動くかもしれん、紀直の屋敷を見張って行き先をつきとめてくれ、と頼まれ、ここ二日、見張りをつづけていたのだ。

茂次たちは、村神たちの跡を尾け始めた。ふたりは、菅笠をかぶって顔を隠し、手甲脚半姿で風呂敷包みを背負っていた。一見して、行商人と見える格好である。

「街道へ出たぞ」

茂次が小声で言った。

前を行く村神たちは中山道へ出て、湯島の方へ足をむけた。

陽射しが強かった。八ツ（午後二時）ごろである。ちかごろ雨が降らないせいか、街道は靄《もや》のような砂埃《すなぼこり》が立っていた。そのなかを、旅人、供連れの武士、駄馬を引く馬子、駕籠かきなどが行き交っている。

村神と妹尾は、神田川にかかる昌平橋を渡り、さらに日本橋へとむかった。

「やつら、どこまで行く気だい」

茂次が三太郎と肩を並べて歩きながら言った。前を行く村神たちは、まったく足をとめる様子がなかった。

ただ、尾行は楽だった。街道は大勢の人が行き交っていた。前を行くふたりが振り返って茂次たちの姿を見ても、何の不審もいだかないだろう。茂次たちは往来の人混みのなかに紛れていたのである。

「遠出のようですね」

村神たちは、日本橋の賑やかな表通りを南にむかって歩いていく。

やがて、村神たちは日本橋を渡って東海道を南にむかい、京橋を渡るとすぐ左手にまがった。そして、京橋川沿いの道をいっとき歩き、道沿いにあった二階建ての料理屋らしい店に入った。

そこは水谷町だった。茂次たちが店の前まで近付くと、格子戸の脇に掛行灯《かけあんどん》があり、浜松屋《はままつや》と記してあるのが見えた。

「こんな遠くまで、ふたりで酒を飲みに来たとは思えねえなァ」

酒を飲むなら、途中いくらでも料理屋や飲み屋はあったのである。

「だれかと会うつもりかもしれねえぜ」

「どうしやす」

三太郎が訊いた。

「店に入って、様子を訊くわけにもいかねえし……」

茂次が、どうしたものかと、通りの左右に目をやったとき、京橋の方から三人の武士が歩いてくるのが目にとまった。

いずれも、羽織袴姿で二刀を帯びている。御家人か江戸勤番の藩士らしい。

「三太郎、隠れよう」

茂次は、三人の武士が村神たちと会うために、浜松屋に来たのではないかと思ったのである。

茂次たちはいそいで、川岸の柳の樹陰へまわって身を隠した。

思ったとおり、三人の武士は浜松屋の格子戸をあけて店に入っていった。

このとき、茂次たちは気付かなかったが、三人の武士の半町ほど後ろにふたりの武士がいた。ふたりは、徒目付《かちめつけ》の添田要次郎と石川仙之助《いしかわせんのすけ》だった。ふたりは高野の命で三人の武士を尾け、ここまで来たのである。

なお、浜松屋に入った三人の武士は、愛宕下の上屋敷に居住している芦谷、服部、藤堂であった。添田と石川は、上屋敷から三人を尾けてここまで来たのである。

添田たちは、茂次たちから半町ほど離れた道沿いにある下駄屋の脇から、浜松屋の店先に目をやっていた。むろん、添田たちも茂次たちには、気付いていなかった。

茂次たちはその場に小半刻（三十分）ほど身をひそめていたが、浜松屋に入った村神たちは姿を見せなかった。

「今日は、ここまでだな」

村神たちが出てくるまで待っても、本郷へ帰るだけだろう。

茂次は三太郎とともに柳の樹陰から通りへ出た。明日出直して、村神たちが何のために浜松屋に来たのか聞き出そうと思った。

翌日八ツ（午後二時）ごろ、茂次と三太郎はふたたび水谷町に足をはこんできて、浜松屋の裏手で話の聞けそうな者が出てくるのを待った。

二刻（四時間）ちかくもねばったお蔭で、おかよという座敷女中と亀六《かめろく》という下働きから話を聞くことができた。

その結果、村神と妹尾は、新たにひとりをくわえた四人の武士と宴席をもったことが知れた。村神たちの席で酌をしたおかよの話だと、当初村神たちふたりと後から来た三人の武士で飲み始めたが、しばらく経ってからひとりくわわり、都合六人になったという。

おかよに六人の武士の名を聞くと、村神、妹尾、藤堂、服部の名だけあげ、後のふたりは、名を聞いたが、忘れてしまったそうである。

「あたし、他の座敷にも掛持ちで出てたのよ。六人もの名前を覚えるのは無理だわね」

おかよは、つっけんどんに言った。

「どんな、話をしてた」

茂次が訊いた。

「みんな田舎侍よ。日本橋の賑やかな話、吉原の遊女の話、それに、芝居の話……。それも、どこかで耳にした噂話ばっかり。聞いてる方が嫌になっちゃうわ」

　おかよがうんざりした顔で言い、ここで油を売っているわけにはいかないから、と言って、そそくさと茂次たちの前から離れていった。

　また、亀六の話では、六人とも田上藩の家臣で、六人のなかの藤堂や服部は以前も浜松屋を利用したことがあるという。

「よく知ってるな」

　下働きにしては、藤堂や服部が田上藩士であることまで知っていたのだ。

「あっしは、一度、藤堂さまが深酔いしたとき、お屋敷の近くまで送っていったことがあるんでさァ」

　老齢の亀六は、目をしょぼしょぼさせながら話した。

　茂次は、この爺さん、藤堂たちのことはくわしいかもしれないと思い、袖の下まで使ったが、亀六はすでに茂次たちが知っていることしか口にしなかった。予想に反して、たいしたことは知らなかったのである。

　その日、茂次と三太郎は源九郎の家に立ち寄り、これまで探ったことを話した。

「今後のことで、密談をもったようだな」

源九郎がけわしい顔で言った。

そのとき、源九郎は口にしなかったが、村神たちが別の手を打ったために相談していたのであろうとみたのである。

源九郎の推測は的中した。茂次と三太郎が源九郎の部屋に立ち寄った二日後、高野が添田を連れ、はぐれ長屋に顔を出したのである。

五

高野と添田は、先に青山の部屋へ行き、青山、中条、横溝の三人も同行して源九郎の部屋へ姿を見せた。

源九郎は、斜向かいに住んでいるお熊に頼んで、菅井を呼んでもらった。座敷は狭いが、菅井にも話を聞いてもらおうと思ったのだ。

狭い座敷に、七人の男が顔を合わせた。文字通り、膝を突き合わせての相談である。

「して、どのような話ですかな」

源九郎が切り出した。高野が、何か重大な話があって、長屋を訪ねてきたのだろうと推察したのである。

「実は、村神たちなのだが、京橋の水谷町で藩邸にいる芦谷たちと密会したようなのだ」

高野が言った。

「浜松屋という料理屋ではないかな」

源九郎は、茂次たちからその話を聞いていた。

「よく、ご存じでござるな」

高野が驚いたように目を剝《む》いた。脇に座していた添田も驚いたような顔をして源九郎を見つめている。

「なに、わしの仲間が村神たちを尾けて、浜松屋に入ったのを見ただけのことだ」

「それにしても、たいしたものだ」

高野が感心したように言うと、

「ここには、精鋭の士、軍師、さらに隠密までそろっているではないか。長屋とはいえ、一国の城と同じだぞ」

そう言って、青山が目をかがやかせた。

「ただの貧乏長屋だよ」

どうも、青山は物言いが大袈裟《おおげさ》で、子供染みたところがある。

「いずれにしろ、村神たちが何を相談したかだが、添田、話してみてくれ」

高野が添田に指示した。

「われらは、屋敷にいる芦谷や服部の動きを探りました。芦屋たちは、さらに数人の竹島派の者たちとも接触し、しきりに密談を重ねているようなのです。……何を謀議しているか分かりませんが、気になるのは、その後、この長屋を探ろうとする動きがないことです」

「そのことから、村神たちは京四郎君のお命を奪うのを断念し、別の手を打とうとしているのではないかとみたのだ」

高野が顔をけわしくして言い添えた。

「わしも、そうみている」

源九郎も、同じ見方をしていた。村神たちは二度青山の暗殺に失敗し、現状では青山の命を奪うのはむずかしいとみたのであろう。それに、国許から次席家老の栗林が出府する日も迫っているし、何か緊急に手を打たねばならないと判断したにちがいない。

「主計、別の手とは何だ」

青山が身を乗り出して訊いた。

「竹島や田之倉が、いまになって緊急に手を打つとすれば、考えられるのはひとつでございます」

「それは？」

「栗林さまが江戸の藩邸に入る前にお命を奪い、国許よりの連判状や添え状を奪うことでございましょう」

「なに、栗林を襲うというのか！」

青山が驚愕《きょうがく》に目を剝いた。

「そのための密談とみれば、腑に落ちます」

高野は低いが重いひびきのある声で言った。

「わしもそうみるな」

竹島派の者たちにとって、青山の謀殺に失敗すれば、後は栗林の出府を阻止して書類を奪うことしか残っていないだろう。

「まずいな。栗林が殺されるようなことにでもなれば、竹島たちの不正をあばくことはできなくなるぞ」

青山が困惑したように言うと、

「ならば、栗林どのを守るしかないだろう」

黙って聞いていた菅井が口をはさんだ。

「そうだ、それしかない」

青山が声を上げた。

源九郎も、竹島派の襲撃から栗林の身を守り、無事に江戸藩邸に入ってもらうしかないだろうと思った。

「ところで、栗林どのは、いつ国許を発たれるのだ」

源九郎は、栗林の旅程や道筋が分かれば、警固にくわわることもできるだろうと思ったのだ。

「すでに、七月五日には、国許を発つとの知らせが飛脚にて届いている」

今日は七月七日だった。すでに、二日前に羽州の国を発ったとみていいのだろう。

「旅程は」

「空模様にもよるが、およそ十日」

高野によると、羽州の領内から七ヶ宿《しちかしゆく》街道を通って奥州街道の桑折《こおり》宿に出るという。桑折宿から江戸まで七十三里の余。領内から桑折宿まで峠を越えることもあって二日、桑折宿から江戸まで一日八里の余歩くとして八日。天候に恵まれれば都合十日の旅程とのことである。

「となると、後八日ほどで江戸に着くことになるな」

「そうなりましょう。おそらく、竹島たちも二日前に栗林どのが国許を発っている情報はつかんでいるはずなのだ。となると、きゃつらも、後八日ほどで、栗林どのたちが江戸に着くと読んでおろうな」

「栗林どのの供は？」

当然警固の者が同行しているだろう、と源九郎は思った。

「書状によれば、家臣の先崎《せんざき》、船木《ふなき》、大田原《おおたはら》を同行するとのことだ。三人とも、吉松さまに与《くみ》する者で、いずれも腕が立つ」

「守りきれんな」

すくなくとも、村神に腕の立つ妹尾、芦谷、服部、藤堂、池田の五人がくわわるだろう。長屋を襲撃して失敗した轍《てつ》を踏まないためにも、さらに人数を増やすかもしれない。とても、三人だけでは守りきれないだろう。

源九郎がそのことを話すと、

「われらも、そのことは承知している。……そこで、華町どのたちにあらためて頼みがあって、まいったのだ」

「うむ……」

おそらく、栗林の警固のために源九郎たちの手を貸してくれというのだろう。

「われらは、村神たちの動きを見て、栗林さまの警固にむかうつもりでいるのだ。すでに、中条、横溝、添田、それに別のふたりの徒目付にも話してある。むろん、それがしも同行するが、それでも、村神たちから栗林さまを守るのはむずかしい。そこで、華町どのたちに助勢を頼みたいのだ」

高野が声をあらためて言った。

となると、栗林の警固は、高野たち六人、さらに栗林と同行している先崎、船木、大田原をくわえて、都合九人ということになる。

「警固にむかうということだが、どこまで行くつもりなのだ」

この暑さのなかでの長旅は御免だな、と源九郎は思った。

「どこまで行くかは、村神たち次第だな。きゃつらが、栗林さまたちを襲う場所までは行かねばなるまい」

高野によると、藩邸にいる芦谷、服部、藤堂の三人に徒目付の目をひからせておくので、三人が旅に出る気配はつかめるだろうという。また、万一に備え、本郷にある紀直の屋敷にも徒目付を張り付けておくそうである。

「村神たちが出立する前日か、遅くとも同じ日に、われらも江戸を発てるだろう。そして、村神たちに襲われる前に、栗林さまたちと合流するのだ」

そうすれば、村神たちの人数も把握できるし、場合によっては襲撃場所も推測できるだろう、と高野が言い添えた。

「菅井、どうするな」

源九郎の一存では返答しかねたのだ。

「おれは、行ってもいいぞ。長屋にくすぶっているより、おもしろいかもしれん」

菅井が小声で言った。

「ならば、わしも同行しよう」

源九郎が承諾すると、突然、青山が、

「おれも行くぞ！」

と、腰を浮かせて声を上げた。

「若、それはなりませぬ。物見遊山《ゆさん》ではございませんぞ。それに、村神たちに知れれば、若が襲われるかもしれません」

高野が困惑したように顔をしかめた。

「おれは、此度の戦いの大将だぞ。田上藩八万石の命運を決する一戦に、大将であるおれが行かなくてどうする。みなの士気が上がらんだろう」

「し、しかし……」

高野は渋い顔をして視線を落とした。

「高野どの、青山どのにも同行していただいたら」

源九郎が口をはさんだ。

「わしらがこの長屋を出たら、青山どのはだれが守る。それこそ、村神たちに知れたら、何人かで引き返して青山どのを襲うかもしれんぞ」

源九郎は、青山を長屋に置いておくのは危険だと思ったのである。

「そのとおりだな」

高野も、渋々青山を同行することを承知した。

六

その日、朝から菅井が源九郎の部屋に顔を出した。将棋盤を抱えている。ただ、いつものように意気込んだ顔をしていなかった。

「どうした、あまりやる気がないようだが」

源九郎が、戸口に立った菅井に訊いた。

「あの若造に、どうやっても勝てん。おれは、将棋の才はないようだ」

菅井が上がり框《がまち》に腰を下ろして言った。

「青山どののことか」

「そうだ」

菅井はすっかり自信を失ったようだ。これまで、菅井は青山と七局対戦していたが、一度も勝っていなかった。それも、一方的に敗れることが多かったのだ。

源九郎と菅井は、このところ、はぐれ長屋から離れなかった。高野からいつ江戸を出立する知らせがくるか分からなかったので、待機していたのだ。

その間、菅井はやることがなく暇だったため源九郎の部屋に入り浸って、このときとばかり将棋に明け暮れていたのだ。そうしたこともあって、菅井は青山を呼びにいき、ふたりで対戦することが多かったのである。

「そう悲観することはないぞ。わしも一度しか勝っていないからな。それに、わしから見ても菅井は青山どのといい勝負をしていた」

源九郎は、菅井を慰めてやろうと思ったのである。

「そうかな」

「事実、昨日などは、勝負には負けたが菅井が押していたではないか」

昨日も、菅井は青山を相手に二局打った。二局とも負けたが、勝負の決着がなかなかつかなかったのは事実である。

「うむ……」

「そのうち、互角になるのではないかな」

当分無理だろう、と思ったが、そう言ってやった。

「そうだな」

菅井の目に強いひかりがもどった。いくぶん、自信を取り戻したようである。

「よし、青山どのを呼んでこよう」

菅井は将棋盤を上がり框のそばに置き、そそくさと戸口から出ていった。

……今日あたり、一局ぐらい勝ってくれればいいのだが……。

源九郎は苦笑いを浮かべて、菅井の背を見送った。

ところが、どういうわけか、菅井はすぐにもどってこなかった。小半刻（三十分）ほどして、あらわれたのは菅井と青山だけでなく、高野、中条、添田も同行していた。高野たち三人の顔がけわしかった。村神たちに動きがあったのかもしれない。

「華町、将棋は後だ」

菅井が源九郎と顔を合わせるなり言った。

「村神たちが動きだしたのだ」

高野が言い添えた。

「やはりそうか」

高野の脇にいた添田が、

「昨夜、村神や芦谷たちが、浜松屋で会いました。明日にでも、江戸を経つ相談をしたようです」

と、言いたした。藩邸にいる芦谷や服部たちに、旅に出る準備をしている節《ふし》が見られるという。

「竹島と田之倉も、ひそかに芦谷たちと会ったようなのだ。それに、そろそろ動かねば、江戸の外で仕掛けるのはむずかしくなるからな。栗林さまたちも、いまごろ宇都宮あたりまで来ているかもしれん。村神たちもうかうかしてはいられんだろう」

源九郎の部屋で、高野たちと打ち合わせてからすでに四日経っていた。栗林たちが宇都宮あたりまで来ていれば、後三、四日で江戸へ入るだろう。村神たちも、そろそろ動かなければ、栗林たちを江戸に入れてしまうことになる。そうなれば、藩主に上申するまでのわずかな間に暗殺するのはむずかしくなるだろう。

「それで、わしらはいつ発つのだ」

まだ、村神たちが出立したわけではないので、今日ということはあるまい、と源九郎は思った。

「明朝。……村神たちが出立しようとしまいと、われらは江戸を発ち、栗林さまたちと合流しようと思うのだ」

そうすれば、村神たちに遅れることはなく、栗林さまを守ることができる、と高野が言い添えた。

「おれも、明朝、ここを発つ」

青山が目をひからせて言った。

「わしらも、支度をいたそう」

源九郎は、すでに孫六、茂次、三太郎の三人に話してあった。三人は長屋に残ってもいいと思ったのだが、どうしてもいっしょに行くと口をそろえて言うので、同行することになったのである。

「将棋どころではないな」

菅井が渋い顔をして言った。


翌朝、払暁のうちに、源九郎たちは旅装束で、長屋の路地木戸の前に集まった。旅装束といっても、源九郎と菅井は小袖に袴姿で草鞋《わらじ》を履き、菅笠を持っただけだ。長くても、四、五日の旅程なのである。

一方、茂次、三太郎、孫六は、着物を裾高に尻《しり》っ端《ぱし》折《しょ》りし、股引に手甲脚半姿で菅笠を手にしていた。茂次と三太郎は、女房が用意してくれた振り分け荷物まで肩にかけていた。

青山、中条、横溝も、草鞋履きで菅笠を持っただけの簡単な旅支度だったが、青山はひどく張り切っていた。旅はともかく村神たちとの戦いに気が昂《たかぶ》っているらしく、源九郎と顔を合わせると、

「いよいよ、初陣だぞ」

と、顔を紅潮させて言った。

まだ、明け六ッ（午前六時）前で、東の空は茜色《あかねいろ》に染まっていたが、軒下や樹陰などには夜陰が残っていた。

井戸端近くに女たちの姿があった。見送りにきた茂次の女房のお梅、三太郎の女房のおせつ、孫六の娘のおみよ、その三人の後ろに、おふくが立っていた。どこかで、青山が旅へ出ると耳にしたのであろう。おふくはお梅たち三人の後ろに身を隠し、青山に切なそうな目をむけている。

「まいろうか」

中条が言った。

「出発じゃ！」

青山が声を上げた。

一行は女たちに見送られて、路地木戸から通りへ出た。両国橋を渡り、千住街道へ出て第一の宿場である千住にむかうのだ。なお、宇都宮までは、日光街道と奥州街道は同じ道である。

「村神たちは、どうしたかな」

歩きながら源九郎が中条に訊いた。

「千住に着けば、分かりましょう」

中条によると、千住宿で藩邸から出立した高野たちといっしょになる手筈になっているという。

「いずれにしろ、この旅で決着がつこう」

そう言って、源九郎は東の空に目をやった。

東の空がだいぶ明るくなり、淡い鴇色《ときいろ》の空に細く伸びた筋雲が血のように赤く染まっていた。

第六章　利根川の決戦

一

小塚原《こづかつぱら》町の千住大橋の手前に、団子を売る茶店があった。その店の長床几《ながしょうぎ》に、旅装の武士がふたり、腰を下ろしていた。高野と徒目付《かちめつけ》の添田である。

ふたりは、茶を飲みながら街道に目をやっていた。青山や源九郎たちが来るのを待っていたのである。

「高野さま、みえられました」

添田が腰を浮かせて言った。

見ると、街道の先に数人の武士の姿があった。遠方で顔ははっきりしなかったが、青山や源九郎たちである。

源九郎たちも、高野たちに気付いたらしく、急に足が速くなった。源九郎たちは茶店の前までくると、街道の左右に目をやり、村神たちが近くにいないのを確かめてから入ってきた。

「主計、待たせたな」

青山が快活な声で言った。

「若、声を押さえてくだされ。どこに、間者の耳があるか、しれませぬぞ」

高野が声を殺して窘《たしな》めるように言った。若君らしい物言いでは、いくら軽格の藩士のような身支度をしても、身分のある者であることを知らせているようなものである。

「そうだったな」

青山が急に声をひそめた。

茶店に他の客がいなかったので、青山や源九郎たちは高野たちの近くに腰を下ろした。そして、注文を訊《き》きにきた親爺《おやじ》に、団子と茶を頼んでから、

「それで、村神たちは」

源九郎が、気になっていたことを訊いた。

「今朝、暗いうちに出立したようです」

添田によると、芦谷、服部、藤堂の三人が旅装束で、未明に上屋敷から出るのを確認したという。

「となると、村神たちは、わしらより先に行っているのか」

源九郎が訊いた。

青山や中条たちの目が、高野に集まっていた。菅井、孫六、茂次、三太郎の四人は源九郎の後ろにいたが、やはり耳を立てて話を聞いている。

「そのはずだ。……だが、今日のうちにも、追いつけるだろう」

高野によると、上屋敷を出た芦谷たちを本間重蔵《ほんまじゆうぞう》という徒目付が跡を尾《つ》けているという。

「本間がな、今夜芦谷たちが草鞋《わらじ》を脱いだ宿をつかんで、知らせてくれる手筈になっているのだ。おそらく、芦谷たちは村神たちと合流し、同じ旅籠《はたご》に泊まるはずだ。その旅籠が分かれば、われらも同じ宿場に泊まり、翌朝、芦谷たちより先に発てばよい」

「なるほど」

源九郎は、そううまくことが運ぶかな、と思ったが、口にしなかった。

「それに、村神たちが今夜草鞋を脱ぐであろう宿場の見当はついているのだ」

「主計、どこの宿場だ？」

青山が小声で訊いた。

「粕壁《かすかべ》宿とみております」

日本橋から、粕壁宿まで八里の余。男の足なら一日の行程として手頃な距離であり、粕壁宿には田上藩が参勤のおりに宿泊する本陣もあるという。芦谷たちも参勤に供奉《ぐぶ》し粕壁宿の旅籠屋に宿泊したことがあるので、そこを利用するのではないかというのだ。

「まちがいない、粕壁だ」

青山の声がすこし大きくなった。

「とりあえず、われらの今夜の宿は、粕壁に予定しております。ただし、村神たちに気付かれぬよう、宿場はずれの宿に草鞋を脱ぐことになりましょう」

「分かった。粕壁だな」

青山が目をひからせて言った。

源九郎たちはとどいた団子を口にし、茶で喉を潤すと、すぐに腰を上げた。ゆっくり休んでいる間はなかったのである。

次の宿場である草加《そうか》にむかって歩きだしたとき、茂次と三太郎が、源九郎に身を寄せてきた。

「旦那、あっしらふたりは、先に行きやしょう。国許から来る栗林さまたちが、どこまで来ているか見てきやすぜ」

茂次が小声で言った。

「頼む」

源九郎も、ともかく栗林たちの所在をつかまねば、どうにもならないと思った。

茂次と三太郎は小走りになり、源九郎たち一行から離れた。

源九郎たちは日光街道を草加、越ケ谷《こしがや》と歩き、暮れ六ツ（午後六時）すこし前に粕壁宿に着いた。宿場に入ってすぐの街道脇の松の陰に、旅装の武士がひとり腰を下ろしていた。武士は源九郎たちの一行を目にすると、小走りに近寄ってきた。

「本間、知れたか」

高野が訊いた。どうやら、村神たちの跡を尾けた本間重蔵らしい。

「ハッ、村神たちの宿が知れました」

本間が緊張した面持ちで言った。

「どこだ」

「粕壁宿の黒田屋《くろだや》でございます」

「やはり、黒田屋か」

高野によると、黒田屋は粕壁宿では名の知れた大きな旅籠で、参勤のおりに家臣の多くが宿をとるという。

「して、村神たちの総勢は」

「八人でございます」

本間が名をあげた。村神、妹尾、芦谷、服部、藤堂、池田、それに林盛三郎《はやしもりさぶろう》、山崎八十郎《やまざきやじゅうろう》だという。

「林と山崎は？」

源九郎が訊いた。初めて聞く名である。

「ふたりは、芦谷の配下の徒士《かち》だ。おそらく、腕を見込んで仲間にくわえたのであろう」

高野が言い添えた。

「すると、敵は八人か」

味方の人数は、十五人である。この場にいる源九郎、菅井、青山、高野、中条、横溝、添田、本間、孫六、それに先に行っている茂次、三太郎の十一人にくわえ、次席家老の栗林と警固についている三人の家臣がいる。ただ、青山、次席家老の栗林、それに三太郎、茂次、孫六の五人は、斬り合いの戦力にはならないだろう。

敵と刀で渡り合うのは十人、源九郎、菅井、中条、横溝、高野、添田、本間、それに栗林の警固についている三人ということになりそうだが、高野、添田、本間の腕は、それほど期待できない。

……ほぼ互角か。

源九郎は胸の内でつぶやいた。

ただ、源九郎たちが栗林の警固についていることを村神たちが察知していなければ、利はあると思った。源九郎たちが、村神たちを奇襲することもできるのだ。

その夜、源九郎たちは粕壁宿のはずれにある木村屋《きむらや》という旅籠に草鞋を脱いだ。茂次と三太郎は先に行っているらしく、姿を見せなかった。

二

翌朝、源九郎たちは、まだ暗いうちに木村屋を出た。村神たちが旅籠を発つ前に、粕壁宿を出てしまいたかったのだ。

源九郎たち一行は村神たちから距離を取るために足を速め、次の宿場のある杉戸へとむかった。

粕壁宿を出ると、街道の左右に田畑がつづき、のどかな光景がひろがっていた。源九郎たちは杉戸、幸手《さって》と休みなく歩いた。

幸手宿を出て、いっとき歩くと右手の先に権現堂《ごんげんどう》と呼ばれる川堤が見えてきた。風光明媚《めいび》な地である。

「ここらで、弁当を使いますか」

高野が足をとめて言った。

街道沿いの桜の大樹が枝葉を茂らせていて、いい木陰をつくっていた。それに、村神たちとも離れたにちがいない。

「それがよい」

青山が声を上げた。空腹と旅の疲れで、すこし前から足が重くなっていたのだ。

源九郎たちは木陰の叢《くさむら》に腰を下ろし、木村屋で用意してもらった弁当をひらいた。握りめしである。竹筒の水を茶がわりにして食べたが、うまかった。旅の途中で食べる弁当の味は格別なのである。

「華町どの」

握りめしを食べ終えた青山が、源九郎に声をかけた。

「栗林たちと合流するのは、明日になるかな」

「明日あたりでしょうな」

源九郎の部屋で高野たちと打ち合わせたとき、栗林たちは宇都宮あたりまで来ているのではないかとみていた。それから、栗林たちは昨日、今日と二日間歩いているはずなので、今日のうちに古河《こが》か、その手前の中田《なかだ》あたりまで来ているとみていいだろう。

日光街道は、幸手、栗橋《くりはし》とつづき、利根川を渡った先が中田で、その先が古河である。

源九郎たちは今日中に栗橋宿までは行けるだろうから、明日栗林たちと利根川の渡し場あたりで顔を合わせるかもしれない。

「村神たちとの戦いが終われば、おれは栗林たちと共に愛宕下の屋敷にもどることになろうな」

青山が眼前にひろがるのどかな田園に目をやりながら、声をひそめて言った。付近にいた高野たちに聞こえないよう気を使ったらしい。

「そうなるだろうな」

栗林たちが藩邸に入れば、情勢が一気に動くだろう、と源九郎は見ていた。そうなれば、青山が、はぐれ長屋に身をひそめている必要はなくなるのである。むしろ、藩邸にもどって、病床の恭安に元気な顔を見せた方がことはうまく運ぶだろう。

「おれはな、田上藩を継ぐことを望んではおらんのだ」

青山が、しんみりした口調で言った。

足元に置いた青山の菅笠の上に、塩辛トンボがとまっていた。そのトンボを見つめながら、青山がつづけた。

「おれは兄をさしおいて、家を継ぎたくはないのだ……」

青山の頰がほんのりと紅潮し、トンボを見つめた目が少年のように澄んでいる。

「……」

源九郎の目に、青山の横顔が遊び疲れて家に帰った長屋の子供と重なった。青山は子供ではないが、心は子供のように純粋なのかもしれない。

「だがな、兄は体が弱い。田上藩を支えていくのは無理だろう。……兄が田上藩を継ぐとなれば、どうしても後見人が必要になろうな。だが、叔父には野心がある。叔父が後見人になれば、兄は傀儡《かいらい》となり、田上藩は叔父に乗っ取られる。そうなれば、病身の父も兄も、叔父に虐げられ、辛い思いをするだけなのだ」

「そうかもしれませんな」

青山は子供のように純粋だが、優れた洞察力をもっている、と源九郎は思った。高野が、青山のことを英明な若君と口にしていたが、あながち身贔屓《みびいき》だけではないようだ。

「だから、おれは田上藩を継ぐ決心をしたのだ。おれは、藩主になっても兄をないがしろにしないし、父への孝行も忘れぬ」

そう青山が小声で言ったとき、菅笠にとまっていたトンボが、スーッと飛び去った。

源九郎はそのトンボに目をやりながら、

……この若君を守ってやろう。

と、心底から思った。

源九郎たちは桜の樹陰でいっとき休んだだけで、腰を上げた。村神たちにおいつかれたくなかったのである。

源九郎たちが、栗橋宿に着いたとき、まだ陽は西の空にあった。七ッ半（午後五時）前であろうか。

栗橋宿を出るとすぐに栗橋の関所があり、その先は利根川の渡し場である。

「どうするな」

源九郎が高野に訊いた。この時間になれば、多くの旅人は今夜栗橋宿に草鞋を脱ぎ、明朝利根川を渡ろうとするだろう。

「まだ、間に合う。利根川を渡ろう」

高野が即決した。栗橋宿で、村神たちに追いつかれるのを避けようとしたらしい。栗橋に宿をとれば、明朝、渡し場で村神たちといっしょにならないともかぎらないのだ。

「いいだろう」

源九郎も、早く栗林たちと合流した方がいいと思った。それに、茂次と三太郎の姿が栗橋宿になかったので、それも気になっていたのだ。

栗橋宿を出るとすぐ、利根川の川岸にある関所にさしかかった。栗橋の関所は、旅人に対し箱根の関所のように厳重ではなかった。

女が江戸から出るとき、手形が必要だったが、男は江戸から出るときも入るときもいらなかったのだ。

源九郎たちは、その関所を通過し、川岸の渡し場へ出た。夕暮れが間近ということもあって、旅人を乗せる往来船はすいていた。源九郎たちの他に雲水と風呂敷包みを背負った行商人が乗り合わせただけである。

源九郎たちを乗せた船は、利根川を横切って対岸へ着いた。下船し、川岸の砂利道を歩くとすぐに松林になり、その林の先が中田宿である。

松林に入る手前に、茂次と三太郎の姿があった。ふたりは、源九郎たちの姿を見ると駆け寄ってきた。

「どうした」

源九郎が訊いた。

「華町の旦那、栗林さまたちは中田宿に草鞋を脱ぎやしたぜ」

茂次によると、中田宿でそれらしい四人の武士を目にしたという。四人は、ちょうど茂野屋《しげのや》という旅籠に入るところだったので、戸口に出てきた留女《とめおんな》に訊くと、栗林の一行らしいことが分かったという。

「中田宿で、栗林さまに会えるぞ」

源九郎と茂次のやり取りを聞いていた高野が、中条たちにも聞こえるように言った。その顔に、ほっとした表情が浮いていた。

三

源九郎たちは、中田宿の茂野屋に草鞋を脱いだ。茂野屋は、中田宿では脇本陣にもなっている大きな旅籠だった。

源九郎、菅井、孫六、茂次、三太郎の五人は、二階の隅の部屋に案内された。同部屋である。旅装を解いてくつろいでいると、高野が姿を見せた。

「華町どの、菅井どの、栗林さまに会っていただけまいか。ふたりのことを話したら、ぜひ会いたいとのおおせなのだ」

高野は、もっともらしい顔をして言った。

「承知した」

源九郎も、栗林たちと顔を合わせておきたかったのだ。栗林の身を守って村神たちと一戦やる前に、栗林や同行の家臣がどんな人物なのか、自分の目で見ておきたかったのである。

二階の座敷に、十人ほどの武士が端座していた。膝先には、酒肴《しゅこう》の膳が並んでいる。

正面の上座に座した青山が、

「華町どの、菅井どの、ここへ」

と言って、右脇に用意されていた座布団に手をむけた。

源九郎と菅井が腰を下ろすと、青山の左脇に座していた初老の武士が、

「栗林大膳にござる。京四郎君を助けていただき、わが藩にご尽力いただいたそうで、それがしからもお礼をもうしあげる」

と、丁寧な物言いで礼を言った。

栗林は小柄で、ひどく痩《や》せていた。陽に灼けた顔は肉が落ち、頭蓋骨に油紙でも張り付けたようだった。体軀《たいく》は貧弱だし、武芸などには縁のない体付きだったが、双眸《そうぼう》には能吏らしいするどいひかりが宿っていた。

その栗林の脇に三人の武士が端座していた。いずれも屈強な男である。警固役で栗林に随行した先崎、船木、大田原であろう。その体付きから見て、剣の腕も

期待できそうだった。

源九郎と菅井が挨拶すると、すぐに高野が、

「まずは、喉をお湿しくだされ」

と言って、源九郎の脇に膝を寄せて銚子を取った。

いっとき、酒を酌み交わした後、

「それで、村神たちがそれがしの命を狙って、近くまで来ているそうでございますな」

栗林が顔の笑みを消して言った。

「いまごろ、栗橋辺りに宿を取っているのではないかとみております」

高野が言い添えた。

「で、村神たちは何人おる」

栗林がけわしい顔で訊いた。

「八人でございます」

本間が、村神、妹尾、芦谷たち八人の名をあげ、いずれも遣い手でございます、と言い添えた。

「それで、勝算は」

栗林が一同に視線をまわして訊いた。

すぐに答える者がいなかった。居並んだ男たちは、けわしい顔をして虚空を睨むように見すえている。

すると、青山がその場の重苦しい沈黙を破り、

「華町どのは、どうみるな」

と、源九郎に訊いた。

「まず、互角」

源九郎は正直に答えた。

「互角では、まずいな。われらはひとりの落命もなく、村神たちを討ち取りたいのだ」

青山が真面目な顔で言った。

「村神たちと正面から斬り合いになれば、双方、多数斬り死にすることになるだろうな。ひとりの犠牲者も出さずに撃退するなど、まずもって無理……」

源九郎は、下手をすれば、こちらが全滅すると思ったが、そこまでは口にしなかった。

「何か手はないのか」

青山が訊いた。

「手はあるが……」

「あるか！」

青山が身を乗り出した。居並んだ男たちの目がいっせいに源九郎に集まった。

「襲われるのを待つのではなく、こちらから村神たちを襲うのだ」

「こちらから襲うとな」

「さよう。幸い、村神たちは、わしらがここにいることを知らぬようだ。村神たちが分散するような狭い場所に、わしらは身を隠して待ち、両側から一気に襲って仕留める。ふいを衝《つ》けば、村神たちを討ち取ることが、できるかもしれん」

「敵軍を狭間《はざま》に追い込んで奇襲するのだな」

青山が顔を紅潮させ、目をかがやかせた。

「まァ、そうだ」

それほど大袈裟《おおげさ》なものではない。道幅の狭い場所にひそんでいって、村神たちが通りかかったら飛び出して襲うだけのことである。

「上策だな」

栗林も、満足そうな顔をした。

「となると、やるのは明日しかないな」

村神たちは、明日の午前中にも利根川を渡って中田宿まで来るだろう。途中、待ち伏せるとしたら、栗橋宿から中田宿までの間である。

「明日か！」

青山が声を上げた。居並んだ男たちの顔にも緊張がはしった。いよいよ明日、村神たちと戦うのである。

「して、奇襲の地は」

いっときして、青山が訊いた。

「利根川沿いの松林のなかしかあるまい」

村神たちが利根川を渡り、松林のなかに差しかかったとき、林間にひそんでいて襲うのである。

中田宿側の渡し場から街道への道は狭く、そこで一行は縦長に分散するはずである。そして、そのまま松林のなかへ入ってくれば、敵を左右から挟み撃ちにできるだろう。

そのとき青山が一同に視線をまわし、

「逃げる敵を、深追いせずともよいぞ。われらの目的は、栗林を無事に藩邸にとどけることなのだ。それに、村神たちも田上藩の者だ。後を追ってまで斬らずともよい」

と、声を強くして言った。

「心得ました」

高野が答えると、居並んだ一同もうなずいた。

四

翌朝、源九郎、菅井、高野、中条、横溝の五人が、暗いうちに茂野屋を出た。先に利根川沿いの松林へ行き、襲撃場所を決めようというのである。

中田宿を出ると、すぐに利根川沿いの松林がひろがっている。川沿いに伸びた疎林で、雑木や灌木なども混じっていた。ただ、渡し場からの道は狭く、それが松林のなかまでつづいていた。

「ここなら、敵を分断して襲うことができるな」

高野が松林のなかに目をやりながら言った。

「身を隠す場所もあるようだ」

松の幹の陰や灌木の後ろに身を隠すことができそうだった。この地に潜伏し、通りかかった村神たちを一気に襲えば、かなりの戦力を奪うことができるだろう。それに、青山が言ったように、目的は村神たちを殲滅《せんめつ》することではなく、栗林を無事に江戸の藩邸へとどければいいのである。

「船に乗り合わせた他の旅人はどうするな」

高野が訊いた。当然、村神たちと同船した旅人たちがいるはずである。高野は、かかわりのない旅人を戦いに巻き込みたくないのであろう。

「孫六たち三人に頼むつもりだ」

源九郎は、そのことも考えていた。孫六、茂次、三太郎の三人に頼んで、松林の手前で旅人たちの足をとめさせるつもりだった。村神たちより先に、松林に入ってくる旅人がいれば、やり過ごしてから仕掛けるしかない。

「それはよい」

高野はほっとした顔をして、

「中条、横溝、青山さまに知らせてくれ」

と、ふたりに指示した。

ふたりは、ハッ、と答えて、小走りに茂野屋にむかった。青山たちをこの場に連れてくるのである。

それから、半刻（一時間）ほど後、源九郎たちは松林のなかに分散して身を隠した。分散といっても、源九郎や高野たちが街道を挟んで左右に分かれ、孫六たち三人が川岸近くに待機しただけである。

青山と栗林は、利根川にむかって右手の松林の奥にいた。奥といっても、源九郎、高野、横溝、それに栗林に随行してきた先崎、船木、大田原の六人の背後である。左手には、菅井、中条、添田、本間がひそんでいた。いずれも、袴の股だちを取り、襷《たすき》で両袖をしぼっていた。足元は草鞋でかためている。

「まだ、来ぬか」

青山が背後から高野に訊いた。声に苛立《いらだ》ったようなひびきがある。

青山は、袴の股だちを取り、襷で両袖を絞っていた。どこで用意したのか床几に腰を下ろし、手には扇子を持っていた。軍扇らしい。大将らしく、軍扇を使って指図するつもりなのであろう。

「まだ、船が着きませぬ」

「そうか、船がまだか」

青山が立ち上がり、伸び上がって利根川の方に目をやった。

「若、ここを動いてはなりませぬぞ。大将が本陣を離れては、将兵が不安になりますからな」

高野が念を押すように言った。高野は、青山が血気に逸《はや》って斬り合いのなかへ飛び出していくのを恐れていた。そんなことをすれば、村神たちの餌食《えじき》になり、奇襲どころではなくなるのだ。

「分かっておる」

青山は床几に腰を下ろし、手にした軍扇で、膝をたたいている。

そろそろ五ツ（午前八時）になろうか。朝陽もだいぶ高くなり、松林の葉叢《はむら》の間から射し込んだ木洩《こも》れ陽《び》が、その場にひそんでいる源九郎たちの背や頭でチラチラと戯れるように揺れている。

蝉の鳴き声がきこえてきた。油蝉らしい。どこかで、野鳥のさえずりも聞こえる。

「船だ！」

横溝が声を上げた。

林間を透かして、船着き場に旅人を乗せた往来船が着いているのが見えた。船から旅人が下り始めていた。そのなかに、数人の武士の姿もある。

「村神たちです」

横溝が言った。

八人である。遠方で顔ははっきりしなかったが、その体軀と人数から見て村神たちにまちがいないだろう。

「来たか！」

青山が勢いよく立ち上がった。

「わ、若！　動かずに」

高野が慌ててとめると、青山の脇にいた栗林が、

「若、大将なれば、いざ合戦に臨み、泰然として心を乱さぬことが大事ですぞ」

と、窘《たしな》めるように言った。

栗林は動かずに、ゆったりと腰を下ろしている。表情もおだやかで、ふだんと変わらぬようであった。

「分かっておる」

青山は栗林の悠然とした態度に心を動かされたのか、静かに膝を折って床几に腰を下ろした。

村神たち一行が川岸を通って、松林の方に近付いてきた。幸い、村神たちの前に旅人の姿はなかった。旅人たちは武士の一行に遠慮して、先を譲ったらしい。

村神たち一行からすこし遅れて、夫婦連れの旅人、風呂敷包みを背負った行商人、笈《おい》を背負った笈摺《おいずり》姿の巡礼などが、足元の砂利に目をやりながらゆっくりと歩いてくる。

村神たちが松林のなかにさしかかった。一行八人が、足早に源九郎たちのひそんでいる松林のなかに近付いてきた。先頭に村神と妹尾、それぞれすこし間をおいて芦谷、服部などがつづいている。

源九郎の脇にいた高野が抜刀した。それが合図でもあったかのように、横溝、先崎、船木、大田原の四人が抜き、源九郎も抜刀した。六人の手にした刀身が、木洩れ陽を反射《はね》て、チカチカとひかった。

と、ふいに横溝が飛び出そうとした。

「まだだ」

源九郎が横溝の前に腕を伸ばし、小声で制した。先頭の村神と妹尾が正面に来てから飛び出すのである。

林間の足音が大きくなった。村神と妹尾が、すぐ間近に迫ってくる。

五

「いまだ！」

声を上げ、源九郎が走りだした。

横溝、先崎、船木、大田原とつづき、しんがりに高野がついた。

ザザザッ、と林間の下草や低い枝の葉叢を搔《か》き分ける音がひびき、林間を男たちが疾走した。

つづいて、街道の反対側からも、林間を疾走してくる足音が聞こえた。菅井たちが突進してくる。

村神たちの足がとまった。ギョッ、としたように棒立ちになっている。林のなかから獣の群れでも飛び出してきたと思ったのかもしれない。

だが、村神がいきなり抜刀し、

「敵襲！」

と、叫んだ。葉叢の間から、人影と木洩れ陽を反射る刀身を目にしたにちがいない。

妹尾も抜いた。だが、後続の芦谷たちは、まだ足をとめたままである。咄嗟《とっさ》に、事情が飲み込めなかったらしい。

そこへ、源九郎たちが飛び出した。横溝、先崎たちがつづく。さらに、すこし後方から、菅井たち四人が走りだし、後続の服部や池田たちに迫った。

「村神、勝負！」

源九郎は一声上げて、村神の前にまわり込んだ。すでに、村神は抜刀していたので、走り寄りざま、斬りつけるわけにはいかなかったのだ。それに、源九郎の胸には、村神と尋常に勝負を決したい気もあった。

源九郎は三間余の間合を取って村神と対峙した。まだ、遠間である。

源九郎は肩で息をしていた。老体のせいか、林間から走り出して息が乱れたのだ。いっとき間をおけば、息がととのうはずである。

「華町、ここまで来ておったのか」

村神の顔が、驚愕《きょうがく》と憤怒にゆがんだ。村神は、源九郎たちが江戸を離れてまで、高野たちに与《くみ》して立ち向かってくるとは思わなかったのであろう。

このとき、菅井は服部に走り寄っていた。目をつり上げ、ひらいた口から牙のように歯をのぞかせていた。前髪が額に垂れ、長い総髪が乱れている。まさに、夜叉《やしゃ》のような形相である。

菅井は右手を刀の柄《つか》に添え、左手で鯉口《こいぐち》を切っていた。居合の抜刀体勢のまま服部に迫っていく。

「う、うぬは菅井！」

服部が目を剝《む》いて、刀の柄をつかんだ。

慌てて服部が抜きかけたとき、菅井の腰がわずかに沈み、腰元から閃光《せんこう》が疾《はし》った。

迅《はや》い！　稲妻のような抜きつけの一刀である。

ザクリ、と菅井の切っ先が、服部の肩先から胸にかけて斬り裂いた。服部には抜き合わせる間がなかったのである。

絶叫を上げて服部がのけぞり、肩先から、血飛沫《ちしぶき》が噴いた。服部は血を撒《ま》きながら、たたらを踏むように泳いだ。

菅井は顔にかかった返り血を左手でぬぐうと、血刀を八相に構えたまま脇にいた長身の男に迫った。山崎である。

山崎は添田に切っ先をむけていたが、菅井の姿を見ると、恐怖に目を剝《む》いて後じさった。

「逃さぬ！」

菅井はすばやい動きで山崎との間合に踏み込むや否や、八相から袈裟《けさ》に斬り込んだ。

が、居合の斬撃ほどの迅さはなかった。

山崎は刀身を振り上げて菅井の斬撃を受けたが、体勢が大きくくずれた。背後に身を引きながら受けたため腰がくだけたのである。

「添田、斬り込め！」

菅井の声で、添田が斬り込んだ。

たたきつけるような斬撃だった。左手から袈裟へ斬り込んだ添田の一撃が、山崎の首根に入った。

にぶい骨音がして、山崎の首がかしいだ。次の瞬間、首根から血が驟雨《しゅうう》のように飛び散った。添田の一撃は、山崎の頸骨まで截断《せつだん》したらしい。

一瞬、山崎はその場につっ立ったが、血飛沫を散らしながら腰から沈み込むように倒れた。地面に横たわった山崎は四肢を痙攣《けいれん》させていたが、呻《うめ》き声も洩らさなかった。地面に流れ落ちる血の音が聞こえるだけである。

菅井は源九郎や高野たちに目を転じた。狭い街道で、敵味方入り乱れて斬り合っていた。怒号や気合が飛び交い、剣戟《けんげき》の音がひびき、男たちが交差し、白刃がきらめいている。

味方が優勢であることは、一目で分かった。すでに、敵の何人かは斃《たお》されていた。狭い街道で敵を分散し、左右から奇襲した効果は絶大だったようだ。

ただ、村神と源九郎は、まだ勝負が決していなかった。対峙したまま相青眼に構え合っている。

菅井は源九郎の方へ走った。


源九郎と村神の間合は、およそ三間。対峙したまま動きをとめている。

源九郎は切っ先を敵の目線につけていた。対する村神は、切っ先を源九郎の喉元よりさらに下げ、胸のあたりにつけている。

村神の着物の肩先が裂けていた。ふたりはすでに一合していた。その際、源九郎の切っ先が村神の肩先をとらえたのだ。ただ、肌まではとどかず、着物が裂けただけである。

……初太刀は、籠手《こて》か胴か。

村神が切っ先を下げたのは、初太刀を迅くするためである。

一合したとき、わずかに村神の真っ向への斬撃が遅れ、源九郎の袈裟斬りを肩先に受けたのだ。そこで、村神は初太刀を真っ向にふるうのではなく、籠手か胴へ斬り込もうとしているのである。

村神が趾《あしゆび》を這《は》うようにさせて、ジリジリと間合をせばめてきた。気が昂《たかぶ》っているらしく、顔が赭黒《あかぐろ》く染まっていた。

村神は焦っていた。味方が劣勢にたち、次々に仲間が斃されるのが分かったからである。村神は一気に源九郎との勝負を決し、他の敵に斬り込んで形勢を逆転したかったのだ。

そこへ菅井が駆け付けてきた。血刀をひっ提げて、荒い息を吐いている。

「菅井、村神はわしが斬る。高野どのに助勢してくれ」

源九郎が、村神と対峙したまま声を上げた。

ここは、村神とふたりだけで勝負を決したかったのである。

「分かった」

ふたたび、菅井は血刀を手にしたまま走りだした。

六

源九郎と村神との間合が、しだいにせばまってきた。ふたりの気勢が高まり、痺《しび》れるような剣気が辺りをつつんでいる。

一足一刀の斬撃の間境の手前で、村神の寄り身がとまった。村神は、さらに全身に気勢をみなぎらせ、気魄《きはく》で源九郎を攻めたてた。気攻めで、源九郎の構えをくずそうとしているのだ。

だが、源九郎の構えはくずれなかった。切っ先が、ピタリと村神の目線につけられたまま微動だにしない。

村神の剣尖《けんせん》が、かすかに上下している。気の昂りで肩に力が入り、刀身が震えているのだ。村神は源九郎の静かな構えに強い威圧を感じていた。逆に源九郎の気魄に攻められていたのである。

つ、と源九郎が切っ先を突き出した。誘いだった。この誘いに、引き込まれるように村神が動いた。

イヤアッ！

鋭い気合を発しざま、村神が突き込むように籠手へ斬り込んだ。

ほぼ同時に、源九郎の体が躍った。

籠手へ伸びた村神の切っ先を、源九郎は刀身を振り上げざま鍔《つば》ではじき、一歩踏み込んで真っ向へ斬り込んだ。一瞬の早業である。

刹那、村神の額から左目にかけて血の線がはしったが、皮肉を裂いただけだった。咄嗟に、村神が首を後ろに引いたため、源九郎の切っ先がわずかにそれ、浅く入ったのだ。

次の瞬間、村神は背後に大きく跳び、ふたたび切っ先を源九郎にむけた。その顔がゆがみ、切っ先が大きく揺れた。

額からの血が筋になって、左目に入ったのだ。

「おのれ、華町！」

叫びざま、村神は左手の甲で額の血をぬぐった。

だが、額からの血は、容赦なく流れ落ちて左目をふさぐ。

突如、村神が獣の吼《ほ》えるような気合を発して斬り込んできた。気攻めも牽制《けんせい》もない遠間からの仕掛けである。村神は捨て身の攻撃に出たのだ。

踏み込みざま八相から袈裟へ。強引なたたきつけるような斬撃だった。

源九郎は左手へ跳びざま、刀身を横に払った。払い胴である。

ドスッ、という皮肉を截断する重い音がし、村神の上体が前にかしいだ。村神は低い呻き声を上げ、そのままの格好で前へ二間ほどつっ込んで、足をとめた。村神が反転しようとして体をひねったとき、ふいに腰がくずれ、よろめいて転倒した。

村神は両手を地面について首を伸ばし、なおも身を起こそうとしたが、立ち上がれず、前に這っただけである。

村神の腹から血が流れ落ち、臓腑が覗いていた。

源九郎は村神の脇に身を寄せた。村神は助からない。とどめを刺してやるのが武士の情けである。

「とどめを刺してくれよう」

源九郎は刀身を一閃させた。

骨音がし、村神の首が前に落ちた。次の瞬間、村神の首根から血が奔騰《ほんとう》した。村神は血を噴出させながら前につっ伏した。

「見事！　見事」

街道の脇で、青山が声を上げた。

いつ林間から出てきたのか、手にした軍扇をひらいて振っている。すぐ、脇に栗林が立っていた。苦笑いを浮かべている。

源九郎は周囲に視線をまわした。すでに、戦いの勝負は決していた。村神と同行した者で、刀をふるっているのは妹尾ひとりだった。その妹尾も、肩先から胸にかけて血に染まっていた。しかも、菅井と中条が切っ先をむけている。

街道の地面に横たわっている男が三人いた。村神、服部、山崎である。もうひとり、松林のなかの松の根元に尻餅をついて、うなだれている男がいた。芦谷だった。全身血まみれである。呻き声が洩れているので、まだ生きているようだが、長くはないだろう。

他に村神たちと同行した男の姿は見えなかった。藤堂、池田、林の三人はこの場からにげたらしい。

味方も三人傷を負っていた。横溝と先崎が肩口を斬られたらしく、着物が裂け、血の色があった。もうひとり、大田原が右手を斬られたようだ。ただ、三人とも浅手らしく、苦痛の色はうかべていなかった。

源九郎が見ている間に、妹尾が絶叫を上げてのけぞった。菅井が踏み込みざま袈裟に斬りつけたのである。

妹尾はたたらを踏むように泳ぎ、爪先を何かにひっかけて前につんのめるように倒れた。そのまま起き上がらず、もがくように四肢を動かしている。

「菅井、やったな」

源九郎が菅井に身を寄せて声をかけた。

「ああ、そっちはどうだ」

菅井が振り返って訊いた。

ひどい顔である。総髪はばさばさで、顔は返り血を浴びて赭黒く染まっていた。泥でもなすりつけた般若《はんにゃ》面のような顔をしている。

「始末はついた」

「さすが、華町だ。村神を斬ったか」

「なに、むこうの気が動転していたせいだ。それより、その顔の血をなんとかしろ。まるで、化け物のようだぞ」

「ふたりも斬ったからな」

そう言って、菅井は手の甲で顔の血をぬぐった。

高野が源九郎と菅井のそばに来て、

「そこもとたちのお蔭で、村神たちを斃すことができた。あらためて礼をいう」

と言って、ちいさく頭を下げた。その顔は、凄絶な斬り合いの興奮にこわばっていたが、目には安堵《あんど》の色があった。

「ところで、この者たちはどうするな」

源九郎は、倒れている死体に目をやって訊いた。この場に放置することはできなかった。旅人の邪魔になるし、田上藩の騒動を天下に知らせることになるだろう。

「人目に触れないよう、林のなかに引き込んでおこう」

高野は、江戸に着き次第、藩士を派遣し、死体を引き取りに来る、と言い添えた。

「これで、済んだようだな」

そう言って、源九郎は青山に目をやった。

青山は、横たわった死体に掌を合わせて瞑目《めいもく》していた。青山の命を狙った者たちだが、哀れに思ったのであろう。

七

おふくは、土間に立ったまま斜向《はす》かいの腰高障子に目をむけていた。そこは、青山が住んでいた部屋である。いまはだれもいない。腰高障子はしまったままである。

おふくは、手に扇子を持っていた。くすんだ赤の地紙に金の日輪が描かれていた。青山が村神たちとの戦いのおりに手にしていた軍扇だが、おふくは知らなかった。青山が、源九郎たちと江戸にもどってきて、長屋に立ち寄り、

「そなたには、世話になったが、手元にはこれしかない」

そう言って、軍扇と二両の金を置いていった。二両は、従っていた高野の有り金を出させたものである。

それっきり、青山は長屋に姿を見せなかった。その後、源九郎に話を聞くと、青山は長屋を出た足で愛宕下の藩邸にもどったという。

……こんな物、恥ずかしくって持って歩けやしない。

おふくは、軍扇をひらいて、苦笑いを浮かべた。

単純な図柄で、洒落《しゃれ》も粋もない。まるで、子供の玩具のような扇子だった。町娘には、縁のない代物である。

……でも、京四郎さまらしい。

と、おふくは思い、苦笑いが微笑に変わった。

それに、青山にとっては、大事な扇子のようなのだ。櫛や簪《かんざし》などより、若さ

まらしい贈物なのかもしれない。

斜向かいの腰高障子に淡い西陽が当たっていた。長屋はひっそりとしている。ときどき、遠くで赤子の泣き声や女房の笑い声などが聞こえるだけである。

おふくは、扇子を胸に抱くように持った。すると、おふくの胸に、青山とのことが鮮明に蘇ってきた。

大川端でならず者に襲われたとき、青山が助けに入ってくれたこと。長屋に住むようになり、青山がひとりになるのを待って、煮染や漬物などをひそかに届けたこと。青山の洗濯物に顔をつけて、そっと匂いを嗅いだこと。井戸端で水を汲んでいるとき、青山があらわれ、釣瓶《つるべ》で水を汲んでくれたのはいいが、いっしょにいたおみねとおせんに、冷やかされて赤面したこと。そうしたことが、つい昨日の出来事のように、おふくの胸に鮮明に浮かんできた。

……京四郎さまは、お屋敷に帰ってしまった。

おふくは胸の内でつぶやいた。

ひどく寂しかったが、悲しくはなかった。おふくは、青山に初めて会ったときから、自分とはちがう別の世界に住んでいる男《ひと》だと分かっていた。おふくの青山を慕う気持は、少女の憧れであり、大人の男女の色恋とはすこしちがっていた。

初めから、相手を自分のものにしたい、いっしょに暮らしたいというような願いはなかったのだ。

おふくには、いずれ青山が自分を置いて去っていくことは分かっていたし、それをとめようとも思わなかった。

おふくの思っていたとおり、青山は持っているのも憚《はばか》られるような男物の扇子を置いて、遠い世界へ帰っていったのだ。

いま、おふくはひとり取り残され、ひどく寂しかった。

……でも、京四郎さまはいい男《ひと》だった。

そうつぶやいて、おふくは扇子をひらき、パタパタと自分の顔をあおいだ。

顔をつつんでいた澱んだような大気が、さわやかな風になっておふくの顔や首筋をやさしく撫《な》でていく。

おふくは、扇子をあおぎつづけた。青山の残した扇子の起こす風が、おふくの寂しさを吹き飛ばしてくれるようだった。

そのとき、源九郎は菅井と将棋盤をはさんで対座していた。今日は、午後から菅井が顔を見せ、ふたりで将棋を指し始めたのである。

菅井は、このところ居合抜きの見世物に行かず、長屋でぶらぶらしていた。田上藩からの礼金で、ふところが暖かかったからである。

「菅井、どうした。今日は覇気《はき》がないではないか」

源九郎が、将棋盤に目を落としながら言った。どういうわけか、菅井にやる気がみられなかったのである。

「天気がいいと、将棋を指すのも気が引けるな」

菅井は心にもないことを言った。

「おい、その金だがな、むだだぞ」

菅井が王の脇に打った金は、まずい手だった。飛車筋で、すぐに取れるのである。

「金などくれてやる。……ところで、華町」

「なんだ」

「一昨日、高野どのが長屋にみえたそうだな」

「ああ、その後のことを話していったよ」

源九郎たちが利根川の岸辺近くで村神たちを討ってから、半月ほど過ぎていた。一昨日、高野と中条が長屋に姿を見せ、藩内の様子を話していったのだ。

「それで、世継ぎ騒動は、どうなったのだ」

菅井が将棋盤から目を離して訊いた。

「青山どので、決まりそうだな」

高野によると、栗林は上屋敷に着いた翌日、さっそく高野とともに病床の恭安を見舞うとともに、国許より持参した連判状と上申書を見せ、紀直の陰謀をほのめかして京四郎に田上藩を継がせるよう訴えたという。

恭安は、連判状に国家老の吉松をはじめ重臣の多くが名を連ねていることに驚愕し狼狽《うろたえ》もしたが、それでも紀直の陰謀を信じようとはしなかった。

栗林につづいて、高野が配下の目付たちに調べさせた竹島と紀直の御殿の普請と造園にかかわる不正を述べ、証拠の書類を恭安に示した。書類は、御殿の改築と造園にかかった費用を記した帳簿類、竹島から普請奉行へ渡された請書、普請方の口上書などである。

請書には、竹島が普請奉行の橋田《はしだ》から普請の費用の一部を受け取ったことが記されていた。また、普請方の口上書には、改築と造園の費用は割増して計上している旨が書かれていた。

請書は、高野の配下だった目付が竹島派の普請方を籠絡《ろうらく》し、罪を問わないことを条件に書き写させたものである。

「殿、これらの書類で明らかなように、紀直さまや竹島どのは、普請の費用を割増して浮かせた金を横領したのでございます。その金は、紀直さまを後見人とし、康広さまに藩を継がせるための賄賂《まいない》として、何人かの重臣に渡されました」

賄賂だけでなく、村神たち刺客を江戸に呼び、潜伏させるための費用にも使ったのである。

「うむ……」

恭安の心が動いたようだ。顔がこわばり、憎悪と苦悶《くもん》の表情が顔をおおった。

「それだけではございませぬ。竹島たちは、京四郎君を亡き者にせんとして刺客を放ち、何度も襲ったのでございます」

「そのようなことまでしたのか」

恭安の苦悶の色が濃くなったが、それでも京四郎に継がせるとは言わなかった。

「殿、これを御覧くだされ」

高野が、最後にふところから取り出したのは、京四郎が己の心情をつづった書状だった。

それを読んだ恭安の顔から苦悶と鬱屈した表情が掻き消え、安堵したように溜め息をひとつつき、おだやかな顔で言った。

「京四郎が、このような思いでいたとはな。……安堵したぞ。京四郎に、田上藩を継がせよう」

その書状には、田上藩を継いでも、父を敬い孝行を忘れぬことや常に兄の康広を立て、兄の健康が回復しさえすれば、いつでも藩主の座から身を引くつもりでいることなどが記されていた。書面には京四郎の偽らざる胸の内が吐露されていて、恭安の胸に強く訴えかけたのである。

恭安が康広の世継ぎにこだわっていたのは、弟の京四郎が家を継げば、病床の自分と兄の康広はないがしろにされ、居場所がなくなるのではないかと恐れていたためらしい。そうしたことを竹島や紀直が、顔を合わせる度に口にしたので、恭安は何としても康広に田上藩を継がせたいと思い込んでいたらしいのだ。

「殿の胸の内にも、紀直さまに藩を乗っ取られるのではないかというご懸念があったようです。それで、京四郎さまのお心を知り、安堵されたのです」

高野が言い添えた。

「紀直や竹島は、どうなったのです」

源九郎が訊いた。

「紀直さまは、藩邸への出入りを禁じられました。竹島や陰謀に荷担した重臣たちは、いまのところ謹慎しているが、いずれ罪状に応じて処罰されましょう」

紀直は絶縁され、竹島、留守居役の田之倉、普請奉行の橋田らには、切腹などの厳しい沙汰があるだろうとのことだった。

源九郎は高野たちから聞いたことを一通り菅井に話すと、

「これで、田上藩の騒動も終わったわけだな」

そう言い添え、将棋盤に目を落とした。

形勢は源九郎にかたむいていた。菅井が起死回生の手でも打たなければ、十手ほどでつむだろう。

「ところで、姿を消した藤堂たちはどうなったのだ」

菅井が、将棋盤から目を離したまま訊いた。

「藤堂、池田、林の三人は、高野の配下の目付の手で、町宿にひそんでいるところを捕らえられたそうだ」

高野の話では、ちかいうちに切腹を命じられるのではないかということだった。

「そうか、田上藩の始末は、ついたか」

菅井は浮かぬ顔をしていた。将棋にも乗り気にならないようだ。

「菅井、どうしたのだ。何か懸念でもあるのか」

源九郎が訊いた。

「懸念などないが、やり残したことがあるのだ」

菅井が、力なくつぶやくような声で言った。

「何をやり残したのだ」

「将棋だよ、将棋」

「将棋なら、いま、やっているではないか」

「青山だ。あの男との勝負が残っていたのだ」

菅井の声が大きくなった。

「どういうことだ」

「おれは、青山に一局も勝っておらんのだぞ。あいつに、勝ち逃げされたままだ」

菅井が急に悔しそうな顔をし、いきなり将棋盤に並んだ駒を鷲掴《わしづか》みにした。

「な、なにをする。わしとの勝負はどうするのだ」

あと、十手もあれば勝ったのだ。

「おまえとの勝負はいつでもできるが、青山とはできん」

菅井は駒を握りしめたまま無念そうに言った。

「まァ、そうだが……」

源九郎は、勝手な男だ、と思ったが、菅井を非難する気にはならなかった。

菅井も胸の内では、青山の純真さを好いていたのかもしれんな、と思い、苦笑いを浮かべた。

将棋の駒が、子供でも遊んだ後のように盤の上や座敷に散らばっていた。

双葉文庫

と-12-21

はぐれ長屋《ながや》の用心棒《ようじんぼう》
八万石《はちまんごく》の風来坊《ふうらいぼう》

2009年 8 月15日　第1刷発行
2010年 8 月30日　第5刷発行

【著者】
鳥羽亮《とばりょう》

【発行者】
赤坂了生
【発行所】
株式会社双葉社
〒162-8540 東京都新宿区東五軒町3番28号
［電話］03-5261-4818(営業)　03-5261-4833(編集)
http://www.futabasha.co.jp/
(双葉社の書籍・コミックが買えます)
【印刷所】
慶昌堂印刷株式会社
【製本所】
株式会社ダイワビーツー

【表紙・扉絵】南伸坊
【フォーマット・デザイン】日下潤一
【フォーマットデジタル印字】飯塚隆士

ISBN978-4-575-66394-5 C0193
Printed in Japan